당시唐詩와 마음공부

당시와
마음공부

김 윤 지음

글통

독보(獨步)와 지음(知音)

우리는 흔히 남들이 따라 올 수 없을 정도로 혼자 앞서가는 사람들을 독보적 존재라고 한다.

굳이 앞서 나감을 따지지 않더라도 독보는 필요하다. 사람은 혼자 걸으며 자기만의 축적을 실현하고 삶의 업적을 쌓는다. 과학이건 예술이건 혹은 일상생활에서라도 특정 분야에서 자기 영역을 확실하게 구축한 사람들에게 이 독보(獨步)의 철학이 없는 경우는 없다.

지음(知音)은 마음이 통하는 친한 벗을 비유적으로 이르는 말이다. 거문고의 명인 백아가 자신의 연주를 진심으로 이해해 주던 종자기가 죽자, '이제 내 소리를 알아주는 사람이 없다'며 거문고 줄을 끊었다는 데서 유래한다. 누군가 나의 소리를 이해해 준다는 것은 어떤 의미일까? 그것은 내가 낸 소리가 타인에게 공명(共鳴)과 울림을 만들어 냈다는 것을 뜻한다.

우리의 삶은 독보와 공명을 필요로 한다. 그냥 한없이 독보적이기만 해서는 안 된다. 내가 독보를 통해 만든 소리를 이해해 주고 공명을 일으켜 줄 존재가 있어야 나는 행복의 원천을 찾아갈 수 있다.

처음 만난 漢詩한시

나는 마치 모태 신앙처럼 아주 일찍부터 한문을 익혔다. 한학자 집안에서 태어나고 자랐기 때문에 학교에서도 배우지 못했던 한문을 아버지에게 배운 것이다. 원래 우리 집에는 내가 태어나기도 전에 돌아가신 할아버지의 책이 많이 있었다. 그래서 초등학교 때부터 무엇인지도 모르면서 그 고서들을 갖고 놀았다.

중학교 2학년 때였다. 아버님 친구가 놀러 오셨는데 서예로 호남 일대에서 일가를 이룬 분이셨다. 그분이 나에게 공부 잘하라면서 글을 하나 써 주셨다.

"소년이로학난성(少年易老學難成)"

중국의 송나라 때 성리학을 집대성한 주희(朱熹)가 쓴 시 권학문(勸學文)의 첫 구절이다. 소년은 늙기 쉽고 배움은 이루기 어렵다는 글인데 열심히 공부하라는 뜻이 담겨 있다. 비록 어린 나이였지만 이상하게 시와 글씨에 강렬한 느낌을 받았다. 아직까지도 그 느낌이 생생하다.

당연히 주희의 시가 담고 있는 깊이와 맛을 다 음미하진 못했다. 하지만 곧바로 아버지께 여쭤보지는 않았다. 스스로 깊이 파고 들어가고 싶었다. 인터넷도 없던 시절이었지만 그다지 어렵지는 않았다. 그때부터가 시작이었다. 시를 찾기 시작한 것은.

마치 선조들로부터 면면히 이어져 온 한문 유전자가 내 몸에 전해진 것처럼 한시의 매력에 급속히 빠져들었다. 그러다 보니 저절로 독학이 되었다. 학교 공부는 공부대로 하면서 틈틈이 한시를 계속 찾아보았다.

지금도 기억나는 것은 삼중당 문고다. 이른바 문고판이라 불리던 작은 판형의 책이었다. 책값이 700원밖에 되지 않아 부담이 적었다. 그렇게 손바닥만 한 하얀 책 한권에 담긴 두보와 이백의 시 세계가 내 마음에 한없이 파고들어 왔다.

한시를 좋아한 운동권

내가 대학을 다니던 때는 80년대 초반이라, 서울대학교는 온통 학생운동의 한복판에 있을 때였다. 나 역시 학생운동을 하게 되었고 전공 공부는 제대로 하지 못했다. 그렇지만 나는 다른 운동권 친구들과 조금 달랐던 면이 있었다. 격렬하게 운동권 서적들을 탐독하면서도 한시공부를 놓을 수가 없었다.

대학 졸업 이후에 심지어 바쁘게 직장생활을 하면서도 한시를 놓은 적이 없었다. 마침내 『전당시(全唐詩)』를 다 읽었다. 5만 수에 가까운 많은 시를 다 독파하고 나니 마치 지리산 종주라도 한 것처럼 매우 기분이 좋았다.

그 후로는 아예 경복궁 근처 한옥마을에 북촌학당(北村學堂)을 열고 본격적으로 마음에 맞는 사람들과 한시 공부의 기쁨을 나누기 시작했다. 사람들에게 당시(唐詩)를 권하기도 하고, 시 몇 편을 뽑아 함께 공부하기도 하고, 강연하기도 했다.

이 책은 북촌학당에서 내가 강연했던 한시 중에 일부를 뽑아내어 엮은 것이다. 책을 엮으면서 봄부터 가을까지 함께 시를 읊으며 같이 즐겁게 공부하던 북촌 학당의 여러 선생님께 깊은 감사의 인사를 드리지 않을 수 없다. 부족한 강의였음에도 불구하고 여러 가지로 호응해 주시고 마지막 시간까지 함께 해주셨던 그분들의 열정이 없었다면 아마 나는 책을 만들겠다는 용기를 내지 못했을지도 모른다.

한시로 배우는 마음공부

실력주의 사회였던 당나라 시절의 시(詩)들은 아직도 우리에게 많은 울림을 준다. 왜 그럴까? 이 역시 독보와 지음 때문이다. 시(詩)란 시인이 자기만의 영감을 갖고 자신이 혼자 쓴 글이지만, 시의 본분은 결국 다른 사람들과의 공명을 통해 이뤄진다.

나는 당시를 읽으며 삶의 교훈에 대한 많은 사색을 얻었고, 때로 정치의 원리도 파악할 수 있었다. 그 시간들은 내게 마치 어떤 종교에 대한 신앙심을 키우듯 경건하고 평온한 시간이었다.

　천년의 세월을 건너왔지만, 우리 시대에도 여전히 한시를 읽는 것은 종교에 버금가듯 큰 위로와 평화를 준다. 세상을 살면서 우리는 종종 마음의 상처를 받는다. 때로는 어둠이 깔린 바닷가에 혼자 서 있는 것처럼 쓸쓸한 파도소리만 들리는 때도 있다. 그렇게 힘들고 지치고 막막할 때 옛 시인들이 남긴 글들이, 작으나마 우리에게 다시 앞으로 나갈 힘을 줄 수 있다는 사실을 전할 수 있다면 저자에겐 큰 보람일 것이다.

2023년 가을

김　윤

목
차

1
21세기에 漢詩한시가 필요한 이유

한문, 동양의 라틴어

한자에 대해 우리는 단순히 중국의 문자 정도로 이해하는 경우가 많지만, 한자 문화권에서는 모든 문화의 기초 역할을 했다. 지금도 우리가 쓰는 개념과 단어의 많은 부분이 한자에 뿌리를 두고 있다. 서양으로 치면 한자는 라틴어 같은 문화의 기초자 역할을 했다.

한자는 중국에서 수천 년 전부터 조금씩 발전하다가 기원전 1600년경에 세워진 중국의 상商나라[1] 에 의해 크게 정비되고 개발된 글자이

---

1 마지막 수도가 은(殷)이었기 때문에 은나라라고도 불린다.

다. 한자는 춘추전국시대에 이르러 나라별로 각기 다른 글자체를 발전시키다가, 최초의 통일제국인 진시황에 의해 전체적으로 통일된다.

우리는 언어로 세계를 인식한다. 글자를 보면 당시의 문화를 알 수 있다. 지식과 지혜라는 열매를 잘 맺기 위해서는 그 뿌리가 되는 언어를 이해할 수 있어야 한다. 우리는 언어의 뿌리를 통해 무엇보다 삶의 의미를 바로 볼 수 있다. 인간이 사회를 이해하는 방식과 생각의 깊이를 더 할 수 있다.

현대에 기축통화가 있듯이 각 시대에는 기축언어가 있다. 중국의 주변 국가들은 수천 년간 대부분 한자를 썼다. 1446년 한글이 반포되기 전까지 우리나라의 문헌들은 모두 한자로 쓰여 졌다. 그것은 한자 자체의 힘만으로 나타난 현상은 아니다. 중국이라는 정치, 문화적 구심점의 역할을 짐작할 수 있다. 좋건 나쁘건, 한자는 지난 시기 권력에 의해 정립된 문자 체계였으며 동북아의 사고와 문화에 커다란 영향을 끼쳤다.

현재 우리가 쓰고 있는 한국어의 많은 개념이 한자에 뿌리를 두고 있음은 주지의 사실이다. 이 때문에 한시는 우리나라의 문학에도 많은 영향을 미쳤다. 한시가 바탕이 되어 더 멋진 한글 문학이 나온 경우도 많다. 사실 한국 현대시의 기원을 찾아 올라가 보면 이백과 두보가 있다. 백석 시인과 서정주 시인, 두 분은 아예 시를 써서 이백과 두보를 기리기도 했다.

여행전문가 한비야는 이렇게 말하기도 했다.

"한자를 아는 것이 얼마나 큰 힘이 되는지 나는 해외에 나와서야 비로소 알았다. 그전에는 한자의 중요성과 필요성에 대해 제대로 말해주는 사람이 없었다."

한자, 압축의 기술

'한자'라고 하면 케케묵은 옛날 문자체계라는 이미지가 강하지만, 의외로 현대적인 의미도 있다. 컴퓨터로 압축파일을 만들듯이 의미를 눌러 담아서 한 번에 보내는 '압축의 묘미'가 있기 때문이다.

한자는 표음문자가 아니다. 글자 하나에 오랜 시간에 걸쳐 축적된 다양한 의미를 담아서 쓰는 表意文字표의문자이다. 이 때문에 한자는 기본적으로 글자 하나에 한 단위의 독립적 의미가 담긴다. 예를 들어 우리가 현대에서 일상에서 쓰는 단어들 중에는 두 음절의 한자로 된 단어들이 많은데 이런 단어들은 원래 두 가지 의미가 조합되어 형성된 개념들이다.

이런 특성 덕분에 같은 A4용지에 정보를 넣었을 때 압축할 수 있는 콘텐츠의 밀도가 가장 높다. 한글로만 쓰면 두 페이지가 넘어갈 내용이 한 페이지로 압축된다면 그것은 이 시대의 중요한 경쟁력이 될 수 있다.

이 때문에 한자로 쓴 글은 지금과 같은 복합적인 세계에서 융합의 힘을 갖게 된다.

그래서 교육의 미래라는 측면에서 우리 교육과정에 한문·한자를 기본으로 넣어야 한다는 것이 나의 생각이다. 고전공부는 과거에 묶이는 것이 아니라, 더 미래지향적인 교육으로 나아가기 위한 훌륭한 방법이다.

노화를 막는 무기, 詩시

故 김동길 교수는 아흔 가까운 연세에도 대중 앞에서 또랑또랑 강의를 했다. 어떻게 그렇게 하실 수 있는지를 묻자, 특이하게도 김 교수는 자신의 건강 비결로 '시 암송'을 꼽았다. 실제로 한시, 영시, 국문시를 합쳐 300수 정도를 평소에도 매일 암송하셨다고 한다.

연로하신 노인 중에 거동은 불편하지만, 치매에 걸리지 않고 정신이 또렷한 분들을 종종 보았는데, 그런 분 중에는 매일 시를 독송하거나 책을 필사하는 분이 많았다.

왜 그럴까? 시를 외우는 것이 정신 단련에 큰 효과가 있기 때문이다. 매일 시를 10개만 외워도 상황에 맞게 응용할 수 있다. (五言絶句오언절구 같은 시는 스무 글자밖에 되지 않기 때문에, 시에 담긴 의미와 맛을 느끼면서 낭송하다 보면 몇 번만 읽어도 금방 암송할 수 있다.)

좋은 시는 우리가 일상적으로 쓰는 말들을 다시 마음속에서 되뇔 수 있게 하는 힘이 있다. 우리네 삶을 끌어가는 무한한 원천은 말인 것이다.

학습, 인간이 늙지 않는 전략

학습이란 무엇일까? 學習학습이라는 단어는 '공부하다'라는 하나의 의미 정도로 유통되고 있지만, 분명히 두 개의 글자로 구성된 이상 두 가지 의미가 조합되어 있다.

學習학습에서 '學학'은 새로운 것을 배우는 것을 의미하고, '習습'은 빨아들인 내용을 내 몸에 체화하는 것을 말한다. 다시 말해 학은 배우는 것, 습은 익히는 것이다. 이는 영어로 풀어보면 뜻이 더 분명해진다. '學학'이 Learning이라면, '習습'은 Training이 된다. 즉 학습이란 Learning과 Training을 합친 개념이다.

나이가 들어간다는 가장 큰 징표가 '學학'을 하지 않는다는 것이다. 왜 '學학'을 하지 않는가? 고집이 세졌기 때문이다. 보이는 것도 보지 않고, 자기가 보고 싶은 것만 보고, 듣고 싶은 것만 들을 뿐 나머지는 다 튕겨버린다.

왜 어린이와 젊은이는 '學학'이 가능한가? 사물과 현상에 대해 아직은 고정적인 상이 안 잡혀 있기 때문이다. 그래서 젊음의 징표는 호기심이다. 호기심이 없어진다는 것은 늙기 시작한다는 신호이다.

그런데 단순히 정보를 받아들이는 것만으로는 부족하다. 한번 들어오고 끝난 정보는 내 것이라고 볼 수 없다. 계속해서 반복 인식하지 않으면 자기 것이 되지 않는다. 따라서 익히는 단계가 필요하다.

'習습'이라는 한자는 '새의 날개'에서 기원한 글자로, 반복 습득의 의미를 잘 담아내고 있다. 羽(깃 우)와 白(흰 백)이 결합한 모습을 띠고 있는데, 새의 날갯짓만큼이나 '반복 습득'의 의미를 제대로 보여주는 현상은 별로 없기 때문이다.

아무리 새로 태어났다고 해도 처음부터 제대로 날 수는 없다. 무한 반복을 통한 피나는 연습을 거쳐야만 비로소 제대로 된 날갯짓을 할 수 있고 창공을 마음껏 날아다니는 새가 될 수 있다.

習습의 갑골문

21세기에 시 교육이 필요한 이유

인공지능 시대의 인간에게 핵심적인 경쟁력은 창의성이다. 바야흐로 생산성보다 창의성이 중요한 시대가 되고 있다. 웬만한 지식은 간단한 검색만으로 쉽게 얻을 수 있기에 특별히 뭔가를 외우고 다닐 필요가 없다.

반면에 특별히 알고 있어야 할 핵심 지식에 대해 확실하게 익히는 것이 중요하다. 그래야 인간은 융합적이고 복합적이고 창의적인 분야에서 인공지능 이상의 성과를 낼 수 있기 때문이다.

그렇다면 우리는 어떻게 이런 능력을 키울 수 있는가? 이를 위해서는 늘 인간의 감각을 살아 있게 만드는 훈련이 필요한데 그 에센스가 바로 시다. 종합적인 사고와 압축 능력이 없으면 좋은 시를 쓸 수 없기 때문이다. 종합적인 사고력을 기르는 데 있어 시처럼 좋은 것이 없는 것이다.

당나라 시절, 국가를 책임졌던 관료제도의 운영 과정을 보면 이 점을 잘 알 수 있다. 왕조 국가 시절, 科擧과거 시험의 기본이자 마지막 관문은 詩시를 짓는 것이었다. 이 때문에 서당에서는 매우 일찍부터 집중적으로 시 짓는 훈련을 했다.

왜 그랬을까? 과거 시험은 관리를 뽑기 위해 치르는 시험이다. 우리는 흔히 官吏관리라는 개념을 공무원이라는 하나의 의미로 뭉뚱그려서 받아들이지만, 앞서 언급했듯이 한자는 글자 하나가 한 글자씩 독립적 의미를 갖기 때문에 관리라고 할 때, '官관'과 '吏리' 역시 다른 개념의 융합으로 봐야 한다.

그렇다면 官관과 吏리는 어떤 뉘앙스 차이의 조합일까? 官관은 일반적 관리자, 즉 감독하는 일반 행정가의 의미를 지닌다. 반면 吏리는 자기 역할이 고정적인 전문가를 의미한다. 예를 들어 당나라 시절부터 의사, 통역사, 무기 제작자 등 특수직역은 평생토록 직업이 바뀌지 않았는데 이렇게 전문영역 안에서 움직이는 존재가 바로 吏리였다. 영어로 매칭시키자면 官관은 General officer, 吏리는 specialist에 해당하는 의미가 있다.

중국역사에서 과거제도를 관리채용의 주요 기준으로 본격 적용한 군주는 則天武后측천무후였다. 무측천이 과거 시험을 통해 뽑고자 했던 인재는 官관이었다. 官관에게 요구받는 가장 중요한 자질은 무엇인가? 전체를 종합적으로 볼 수 있는 사고력과 판단력이다.

官관은 지휘관이고 책임자다. 이들에게 제일 중요한 것은 정확하고 신속한 판단력이다. 누군가의 판단력의 수준을 어떻게 가늠하고 평가할 수 있을까? 그 사람이 과연 합리적 판단력의 소유자인지 일일이 시험해 볼 순 없지만, 한 가지 짐작해 볼 수 있는 방법이 있는데 그것이 시 짓기였다.

시의 시제가 주어지는 순간, 이를 종합적으로 풀어 쓰는 능력을 보면 그 사람이 얼마나 폭넓은 세계관과 지식을 갖고 있는지, 주어진 틀 속에서 자신의 축적된 사고력과 실력을 얼마나 문장 안에 멋지게 녹여낼 수 있는지를 짐작할 수 있기 때문이다.

이런 맥락에서 '시 쓰는 능력'은 21세기 더욱 더 요청되는 기본능력이다. 어릴 때부터 고전 공부, 특히 그중에서도 시 공부를 가르쳐야 한다.

신분제 사회에서는 엘리트들만 받았던 시 교육을 지금 중국에서는 보통 교육시스템을 통해 모든 어린이에게 가르치고 있다. 중국 공산당이 아이들에게 정책적으로 시를 가르치는 이유는 어릴 때부터 감수성과 웅장한 마인드를 심어주기 위함이다. 이렇게 형성된 심리적, 정신적 자산은 그 아이가 자라면서 커다란 삶의 자양분이 된다.

시는 마음을 강하게 한다

우리가 시를 공부해야 하는 또 하나의 이유는 시가 우리의 감정을 늘 굳어지지 않게 해주기 때문이다. 시는 항상 우리의 마음이 다시 살아갈 힘을 잃지 않도록 해준다. 학습하겠다는 의욕이 계속되는 한, 우리는 몸은 늙어도 마음은 늙지 않는다.

역대 시들 중에서도 당나라 시대에 쓰여 진 시들 중에는 시인의 아픔을 노래한 것들이 많다. 이들은 대부분 뛰어난 실력이 있었지만, 공직자로 출세하지 못한 사람들이었다. 쉽게 말해 인생이 안 풀린 사람들이다. 그 시절에는 시인이나 소설가라는 직업이 아직 없었다. 대부분이 농부 혹은 노비였고 일부 선택된 사람이 공무원을 했다.

이런 사회에서 과거 시험에 떨어져 벼슬을 얻지 못한 낭인들이 시를 쓰는 경우가 많았다. 천 년 전에 쓴 시가 지금까지도 우리의 심금을 울리는 이유는 천 년 전에도 사람들은 자기 마음의 한구석을 달래기 위해 시를 썼기 때문이다.

아픈 가슴을 안고 상처받은 자기 가슴을 스스로 어루만지던 이들이 바로 후세에 두고두고 읽힌 아름다운 시의 주인공들이었다. 당시를 읽을 때마다 천 년 전 시인의 애달픈 마음이 글자를 통해 오늘날 우리의 마음에 전해지는 이유는 이 때문이다.

詩시, 인공지능 시대의 종교

아무리 과학이 발달해도 여전히 사람들은 종교를 찾는다. 동서고금을 막론하고 인간의 삶은 언제나 불완전하고 불안하기 때문이다.

시를 읽다 보면 인간이 결국 자연의 일부이고, 세상의 일원임을 새삼 되새기게 된다. 자칫 나의 욕망과 주관 속에 빠져 허우적거리는 인생으로 끝날 수 있는 삶 속에서, 세상 일부로서 나를 인식하게 되는 것이다. 일종의 '자기 객관화' 과정이라고 할 수 있다.

그런데 이 같은 자기 객관화 과정이 바로 종교의 기능이다. 종교는 우리를 신에 의해 만들어진 존재로 간주한다. 즉 나는 세상만사를 내 맘대로 할 수 있는 존재가 아니다. 나를 신의 부속물이자 조물주의 피조물로 여기면서, 실제로는 주체적으로 행동하게 만드는 모순의 창조가 종교의 기능이다. 아무리 과학적 사고가 보편화된 21세기에도 종교가 필요한 이유는 여기에 있다.

시를 통해 스스로 마음을 다스리는 것은 종교 생활과 본질적으로 다르지 않다. 전쟁 같은 인생 속에서 스스로 격려와 위로를 얻고 마침내 지금 살아있는 이 순간 삶의 의미를 생각하는 것이 시의 영원한 주제이기 때문이다.

─── 2 ───
唐詩당시의 매력

태어난 어떤 존재에게 확률 100%로 예고된 것은 죽음이다. 과학이 발달하고 기술이 발달해서 죽음을 연장할 수 있을지언정, 언젠가 반드시 죽는다는 사실은 그 누구도 결코 피할 수 없는 진리이다.

개인이나 개별 생명체뿐만 아니라 국가도 마찬가지다. 국가 또한 건국되고 나면 언제일지 모르지만, 필연적으로 멸망한다. 개인이 생로병사를 거쳐 죽음에 이르듯이 국가도 결국 죽는다.

영원할 것 같았던 당나라도 618년에 태어나 907년에 죽었다. 문학사적 관점에서는 흔히 당나라의 일생을 초당 시대, 성당 시대, 중당 시대, 만당 시대로 구분한다.

初唐초당 시대

당나라가 건국한 해인 618년부터 '初唐초당 시대'라고 한다. 처음 나라가 건국되면 온 나라에 씩씩한 기상이 움터나고 사회 분위기도 진취적으로 흐른다.

그래서 초당 시대에 만들어진 詩시는 상대적으로 분위기가 씩씩하고 비장하다. 이 시기에 쓰여진 시들에는 강건한 느낌이 곳곳에 진하게 배어있다. 건국 초기의 어수선함을 극복하면서 나라의 기틀이 잡혀 나가는 이 무렵, 당나라의 안착에 결정적으로 기여를 한 황제로 두 사람을 꼽을 수 있다.

하나는 당 태종이다. 고구려를 침략했다가 양만춘한테 화살을 맞아한 쪽 눈을 잃은 이야기가 전해지는 바로 그 당 태종이다.

초기 당나라의 기반을 닦은 또 한 사람은 측천무후다. 나당연합군이 협공해서 고구려를 멸망시킬 때, 사실상 황제 역할을 한 사람이 측천무후다. 권력의 화신이던 그녀는 심지어 자신의 권력을 지키기 위해 자기 자식까지 죽일 정도였고, 귀족도 많이 죽였다. 그 때문에 일각에서는 엄청난 패륜녀로 낙인찍기도 한다.

하지만 그녀는 이 과정에서 매우 역사적인 정치 행위를 하게 된다. 왕족들과 귀족들을 대거 숙청하는 바람에 발생한 빈자리를 대신할 사람이 많이 필요해지자 '과거제'를 전면적으로 실시한 것이다.

물론 이전부터 과거제도는 있었지만, 측천무후는 이를 본격적으로 실시해 관료 등용의 중심 원칙으로 삼았다. 그전까지는 관직이란 대부분 세습되었다. 측천무후가 이 전통을 단절시키고 실력으로 사람을 뽑는 과거제도를 본격적으로 실시했다.

盛唐성당 시대

700년대 들어서 측천무후의 뒤를 잇는 손자가 바로 양귀비와의 러브스토리로 유명한 현종이다. 현종의 재위 기간은 712~756년으로, 이때가 당의 최전성기다. 이름 붙이길 '盛唐성당 시대'라 한다.

성당시대는 격조 있고 우아한 시들이 쏟아져 나온다. 이백, 두보, 왕유와 같은 시인이 우후죽순처럼 쏟아져 나온 시대가 이 성당 시대다.

하지만 좋은 시대는 오래 지속되지 못했다. 당 현종은 현명한 군주였지만 집권 기간이 길어지고 태평성대가 이어지자 차츰 나태해져 갔다. 결정적인 사건은 황제가 며느리인 양귀비를 취하는 패륜을 저지른 것이다.

이때부터 잘 나가던 당나라가 무너지기 시작했다. 급기야 755년 나라가 완전히 쪼개지는 대난리가 일어난다. 안록산의 난이다. 300년에 걸친 당나라의 역사에서 딱 중간쯤 되는 시기에 발생한 안록산의 난을 계기로 당은 퇴조기에 접어든다.

中唐중당 시대

중당 시대 역시 당나라의 역사 전체로 보면 중간지점이다. 하지만 성대하게 발전할 때와 구분하기 위해서 성당 이후의 뒷 시기를 '中唐 중당 시대'라는 이름으로 구분한다.

이때는 잘 나가던 나라가 크게 휘청한 상태라 개혁하고자 하는 사람이 나타나게 된다. 가장 유명한 시인이 白居易백거이다.

700년대 중반~800년대 초반이던 이 시기는 신라와 당의 교류가 가장 활발했던 때이기도 했다. 당시 수도이던 장안에 신라 상인들이 상단을 이끌고 올 때마다 백거이의 시가 쓰인 비단을 거의 사재기 하다시피 싹 쓸어갔다는 얘기가 지금까지 전해질 정도이다. 백거이의 시는 문화국가 신라에서 매우 귀하게 팔렸기 때문이 아니겠는가?

晩唐만당 시대

하지만 당나라는 결국 국운을 회복하지 못하고 907년 망하게 된다. 국가가 망할 때는 대개 개혁의 실패와 반란이 동시에 일어난다. 이 반란의 선봉장 역할을 했던 사람이 황소(黃巢)다. 황소의난(黃巢之亂)[2] 은

---

2 황소의 난(黃巢之亂): 중국 당나라 말기, 875년 일어난 대규모 농민 반란.

우리의 역사책에도 등장한다. 최치원이 황소를 토벌하는 격문을 썼기 때문이다. 이 격문이 당나라에서 대 히트를 친 '토황소격문'이다.

황소의 난 이후로 기력이 쇠잔해진 당나라 황실의 권위는 급격히 땅에 떨어진다. 나라가 망할 무렵 시의 분위기는 체념적이고 탐미적으로 흐른다. 과거를 보고 합격해서 벼슬을 얻었다고 해도, 가슴은 답답하고 기분은 좋지 않다. 백성의 삶은 도탄에 빠져있지만 조정은 매일 우울한 자리다툼과 권력암투의 공간으로 변질되어있기 때문이다. 결국 뜻있는 사람일수록 이 꼴 저 꼴 보기 싫다며 세상을 한탄하거나 관념적 도피에 빠지는 일이 많아진다.

『全唐詩전당시』에 대해

흔히 어설프고 무능한 오합지졸 군대를 당나라 군대라고 하지만, 시의 영역에서만큼은 중국의 역사 전체를 통틀어 唐詩당시를 최고로 여긴다. 인류 역사 동서고금을 살펴보더라도 당나라 때의 시는 여전히 최고봉을 이루고 있다.

『全唐詩전당시』는 중국 詩시의 황금기로 꼽히는 당나라 시절의 시를 집대성한 唐詩당시의 전집이다. 청나라 강희제의 명으로 2,200여 작자의 작품 48,900여 수를 수록해 편찬했다. 문학적 가치가 매우 큰 국책사업으로 평가된다.

당나라 시대의 시들을 전부 다 모아놓은 기념비적 저작이다 보니

『전당시』에는 초당, 성당, 중당, 만당의 환희와 좌절이 모두 담겨있다. 정치의 역사와 더불어 그 시대를 살았던 시인들이 전해주는 마음의 역사, 심경의 역사를 모두 담고 있는 책이 전당시다.

전당시에는 한 국가의 생로병사가 모두 담겨있다. 한 시대를 살아간 시인의 마음이야말로 곧 시대의 흥망성쇠를 모두 담고 있는 시대의 마음이기 때문이다.

라임과 對句대구가 맞아야 좋은 시

시를 두 종류로 분류하자면 형식이 있는 정형시와 형식 없이 자유스럽게 쓰는 자유시로 나눌 수 있다. 한시에 있어서 정형시는 '絶句절구'와 '律詩율시'가 있다.

절구는 총 4행으로 이뤄진 詩시를 말하고, 율시는 총 8행으로 이뤄진 시를 일컫는다. 절구와 율시에서 확실하게 지켜야 할 규칙은 요즘 랩으로 비유하자면 라임을 맞추는 일이다. 절구는 2행과 4행의 맨 끝에 발음이 비슷하거나 같은 글자(운자)를 써야 한다. 율시는 운자를 2행, 4행, 6행, 8행에 붙인다.

정형시인지 아닌지는 2행 4행 6행 8행 짝수 행의 각운이 맞았는가 안 맞았는가를 보고 판단한다. 라임이 정확하게 맞아떨어지지 못하면 절구나 율시가 아니다. 각운 맞춤에 구애받지 않은 시는 통틀어 古詩고시로 분류한다.

한시 형식 중에서 제일 짧은 시는 스무 자로 된 오언절구다. 한 행이 다섯 글자이고, 모두 4행이므로 총 스무 글자(5×4=20)로 구성된다. 한 행이 다섯 글자이므로 '오언', 그리고 사행시를 '절구'라 부르기 때문에 '오언절구'가 된다. 만약 한 행이 다섯 글자가 아니라 일곱 글자라면 칠언절구가 된다.

행이 늘어나는 경우도 있다. 4행이 아니라 8행이 되면 율시로 칭한다. 율시 역시 한 행의 글자 수가 다섯 글자인지 일곱 글자인지에 따라 오언율시와 칠언율시로 나뉜다.

오언절구는 리듬이 있다. 다섯 글자를 중간에 한 번 끊어 두 글자, 세 글자씩 끊어서 읽으면 맛이 살아난다. 처음 보는 시가 있더라도 오언시면 '둘 셋' 호흡에 맞춰 노래하듯이 읽어나가면 된다. 한시는 의미 단위와 발음 단위가 거의 일치하기 때문에 낭송하는 맛도 상당하다.

예로부터 또 하나, 시 짓기 훈련의 핵심은 對句대구를 잘 맞추는 것이었다. 시의 맛을 살리는 포인트가 對句대구를 맞추는 데 있다고 보았던 것 같다. 실제 시를 음미하다 보면 對句대구의 매력을 발견하게 된다. 비슷한 듯 다르고, 다른 듯 비슷한 對句대구의 맛을 제대로 느끼다 보면 唐詩의 매력에 흠뻑 빠지지 않을 수 없다.

── 3 ──
노비가 시인의 자유를 침범하다
詩

詩
시

青鳥銜葡萄
청 조 함 포 도

파랑새 한 마리 포도 알 입에 물고

飛上金井欄
비 상 금 정 란

고운 우물 난간으로 날아오른다.

美人恐驚去
미 인 공 경 거

미인은 행여 놀라 달아날까봐

不敢捲簾看
불 감 권 렴 간

차마 발을 걷고 내다보지 못한다.

『전당시』에 담긴 거의 5만 수에 가까운 시 가운데 내가 뽑은 으뜸 시는 이름도 없는 노비가 쓴 글이다. 이 시는 읽는 이의 마음을 너무나 아릿하게 해준다. 더군다나 이 시의 제목은 의미심장하게도 〈詩시〉다.

唐詩당시는 첫 행에서 곧바로 머릿속에 생생한 그림 하나를 그려주

고 시작하는 경우가 많다. 처음 소개할 봉검복의 詩시 역시 첫 한 줄에
매우 선명한 이미지를 담고 있다.

青鳥銜葡萄 청 조 함 포 도
青鳥 청 조　파랑새
銜 함　머금다, 재갈
葡萄 포도(grape)

다섯 가지 감각 가운데 가장 많이 사용하고 대표적인 것은 시각이다.
감각기관의 왕은 눈이다. 눈은 색깔[色]과 모양[形]으로 사물을 인식한
다. 이 시의 첫 단어, 청조(파랑새)라는 단어는 색과 형을 단번에 보여준
다. 다시 말해 인트로(intro)부터 눈앞에 파란 새(blue bird)라는 그림
을 하나 보여주고 시작하는 것이다. 시작하자마자 느낌이 좋다.

[銜 머금을 함]

銜(머금을 함)은 재밌는 글자다. 行(갈 행) 가운데 金(쇠 금)이 있는 모양이다. 걸
어가는데 그 속에 '쇠금'이 있다니 무슨 의미일까? 이 글자에는 군사적 기원이
있다.

옛 군대 용어 중에 銜枚함매가 있었다. 지금도 가끔 '원고지 100매'와 같이 종
이의 단위를 말할 때 '매(枚)'라는 단위를 쓰는 경우가 있는데 바로 이때 등장하
는 글자가 枚매다. 이 글자가 종이의 단위가 된 이유는 먼 옛날, 종이가 발명되

기 전에는 '나무판'에 글씨를 썼기 때문이다. (그래서 枚매의 좌측에 나무 목 변이 있다.)

함매란 바로 이 매를 입에 머금고 있다는 뜻이다. 왜 나무 판대기를 머금고 있을까? 이는 군대의 行軍행군과 관련이 있다. 군대가 적이 모르게 은밀하게 이동할 때 제일 신경 쓰이는 것은 '소리'다. 소음이 없어야 적에게 발각되지 않고 이동할 수 있다. 따라서 군인들이 수다를 떨지 못하도록 행군 시 가느다란 나무토막을 물고 있게 했는데 이것이 바로 함매다.

시인이 굳이 銜(머금을 함)을 쓴 이유는 함매에 대해 알고 있었기 때문이다. 군대의 함매를 그대로 따와 파랑새가 포도를 물고 있다는 詩句시구를 만들어 냈다. 단순하지만 봄기운처럼 상큼하면서도 중의적인 인트로가 아닐 수 없다.

새는 뭔가를 입에 머금고 있거나 재잘거리고 있거나. 둘 중 하나인 경우가 많다. 지금은 파랑새가 머금고 있는 상태다.

葡萄포도

포도는 중앙아시아에서 왔다. 아프가니스탄, 우즈베키스탄 같은 곳이다. 포도가 좋으면 와인이 좋기에 중앙아시아 와인은 맛이 뛰어난 것으로 알려져 있다. 좋은 포도를 얻으려면 낮엔 따뜻하고 밤엔 서늘해서 일교차가 커야 한다. 중앙아시아의 기후가 이런 편이라 포도가 맛있고 와인의 질도 좋다. 우리가 알고 있는 석류, 포도 등은 중앙아시아에서 온 것들인데 이를 중국 기준으로 보자면 모두 서쪽 지역(서역)에서 온 것들이다. 석류는 지금의 이란, 즉 페르시아에서 왔다.

飛上金井欄 비상금정란
飛上 비상 위로 날아 오르다
金井 금정 빛깔이 곱고 물맛이 좋은 우물
欄 란 난간

지금도 쓰는 난간이라는 말의 欄난이다. 과거에는 난간이 대부분 나무로 만들었기 때문에 欄난에 木(나무 목)이 있다.
파랑새가 포도를 머금고 날아올라서 우물의 난간에 사뿐히 앉은 모습이다.

美人恐驚去 미인공경거
恐 공 두려워하다
驚 경 놀라다
去 거 가다

문학에는 반전이 있어야 한다. 작건 크건 반전의 맛이 없다면 문학의 맛이 떨어진다. 이 시에서는 시인이 3행에 반전을 넣었다. 파랑새에서 미인으로 아예 주인공을 확 바꾼다. 옛 문헌에 나오는 '미인'은

Beautiful woman이 아니다. 원래는 궁내에 사는 여성들의 관직, 즉 궁녀의 직급이다. 아마도 여기에 등장하는 이 미인은 중의적 의미를 띠고 있을 것이다.

'공경거'란 새가 행여 놀라서 가버릴까 무섭다는 뜻이다.

不敢 捲 簾 看　불 감 권 렴 간
不敢　감히 ~ 하지 못 하다
捲 권　돌돌 감아 말다, 거두다
簾 렴　(햇빛 등을 가리는) 발

새가 놀라 날아갈까 조마조마한 마음 때문에, 감히 발을 들어 올려서 보지를 못한다는 뜻이다. 음미할수록 조마 조마하는 애틋한 느낌이 배어 올라온다.

파랑새이건 미인이건, 결코 내 손으로 잡을 수 없는 존재, 보고 싶은 존재를 대놓고 볼 수 없는, 그러나 '簾렴'이라는 어설픈 칸막이 너머로 어렴풋이 보고 있는 시인의 어쩔 수 없는 마음이 전해진다.

이 시의 제목이 〈시詩〉인 이유는 아마도 이 같은 아련한 심정이 시의 본질과 연관되기 때문일 것이다. 시인은 평생 시를 쓰고 싶어 했지만, 쓸 수 없는 자신의 답답한 처지를 한탄하고 원망하기보다는 인간의 본성이 담긴 애달프고 아름다운 언어에 담아내며 삶을 이어갔다.

시인-노비 捧劍僕봉검복

이 시를 지은 시인, 捧劍僕봉검복은 사람 이름이 아니다. 捧(섬길 봉) 자는 扌(手, 손 수)변에 奉(받들 봉)으로 구성된다. 즉 손으로 뭔가 받들고 있는 모습이다. 그래서 捧劍봉검은 검을 받들고 있다는 뜻이다. 僕복은 종이라는 뜻이니, 봉검복은 쉽게 말해 주인의 劍검 시중을 들던 노비를 뜻한다.

시인은 날 때부터 시적 감수성을 타고났다. 봉검복은 하라는 일은 하지 않고 매일 하늘을 쳐다보거나 물을 쳐다보고 있었다고 한다. 아마도 매사에 詩想시상이 떠올랐을 것이다. 그 때문에 주인한테 회초리도 맞았지만, 행동에 변화는 없었다.

오히려 동네에 소문이 났다. 어느 노비가 일은 못 하는데 시만 잘 짓는다고. 소문을 들은 사람들이 마치 테스트하듯이 그를 불러서 시를 지으라고 했다. 불러서 시켜보니 정말 멋진 시를 지었다. 그 때문에 소문이 더 났다.

그러면 그럴수록 주인은 더 기분이 나빴다. 노비가 칼 시중이나 할 것이지 시를 쓰고 다니면서 주변의 칭찬을 받으니, 심사가 뒤틀린 것이다. 주인은 봉검복을 더 때려가며 시를 쓰지 못하게 강요했지만, 소용이 없었다.

시인의 재능을 타고난 사람이 노비의 삶과 역할에 흥미를 느꼈을 리가 없다. 결국 시인은 도망가서 숨어 살았다고 전해진다. 아마도 그 후에는 시를 많이 지었겠지만, 현재까지 전해지는 시는 거의 없다. 그가 남긴 시 3수가 『全唐詩전당시』에 전해질 뿐이다.

그는 노비였기 때문에, 우리는 영원히 그의 이름을 알 길이 없다. 그가 언제 태어나고 죽었는지는 물어볼 필요도 없다. 어이없게도 우리가 알 수 있는 것은 그의 주인이었던 자의 성씨가 郭곽씨라는, 시인과는 아무 상관없는 전혀 엉뚱한 정보만 남아있을 따름이다. 인간의 재능과 자질을 억압할 수밖에 없었던 계급사회의 어이없는 풍경이다.

계급과 신분으로 짓눌려 있던 인간 세상의 아이러니에 평생을 갇혀 살았지만, 자신의 슬픈 삶을 오히려 아름다운 시어로 빚어냈던 어느 이름도 없는 노비 봉검복. 노비라서 슬펐던 그의 삶은 오늘의 우리에게 작은 감동을 준다.

이 시는 5언 4행으로 구성되었으니, 전형적인 오언절구다. 이 시의 각운은 2행의 마지막 글자 '欄난'과 4행의 마지막 글자 '看간'이다. 즉 '난'과 '간'으로 라임을 맞추었다.

—— 4 ——
좋은 비는 때를 안다
春夜喜雨

春夜喜雨 춘 야 희 우	봄 밤에 내리는 기쁜 비
好雨知時節 호 우 지 시 절	좋은 비가 제 철을 알고
當春乃發生 당 춘 내 발 생	봄이 오자 이내 생명을 틔운다.
隨風潛入夜 수 풍 잠 입 야	바람 따라 살그머니 밤에 들어와
潤物細無聲 윤 물 세 무 성	소리 없이 촉촉이 만물을 적신다.
野徑雲俱黑 야 경 운 구 흑	들길은 구름에 덮여 다 깜깜한데
江船火獨明 강 선 화 독 명	강 배의 불빛만 홀로 밝구나~
曉看紅濕處 효 간 홍 습 처	이른 새벽 붉은 빛 젖은 땅을 보니
花重錦官城 화 중 금 관 성	금관성엔 꽃들이 겹겹 피었으리~

영화 호우시절의 기원

정우성, 고원원3 이 주연배우로 출연한 '호우시절4'이라는 영화가 있다. 한중 합작으로 만든 이 영화 - 호우시절의 원조가 바로 두보의 '춘야희우'다.

춘야희우의 첫 줄은 '호우지시절'로 시작하는데 아마도 한중 합작 영화의 특성상 영화제목을 네 글자로 맞추기 위해 가운데 '지'를 빼고 '호우시절'로 제목을 정한 것으로 보인다.

이 시의 배경은 사천성의 成都성도다. 사천성은 유비의 촉나라가 있던 곳으로 우리에게 익숙하다. 성도는 이 사천성의 중심지로, 두보는 이 곳에서 안록산의 난을 피해 몇 년간 살았다. 성도에 찾아오는 관광객들은 예외 없이 두보가 살았다고 전해지는 '두보초당'에 들릴 정도로 지금은 유명한 관광지다.

바로 이 두보초당이 영화 호우시절의 배경이다. 두보가 성도의 초당에 살 때 이 시를 지었기 때문이다. 두보초당은 이름은 草堂초당이지만 현재는 박물관과 공원이 함께 어우러진 매우 거대한 규모로 조성되어 있다.

---

3 정우성과 함께 호우시절4이라는 영화에 주연으로 출연한 중국 여배우
4 〈8월의 크리스마스〉로 유명한 허진호 감독의 5번째 로맨스 영화로 2009년 상영되었다. 영문제목은 A Good Rain Knows.

이 시 역시 시작부터 그림 한 장이 시각적으로 들어온다. 봄의 전령
사를 꽃으로 여기는 경우가 많지만, 알고 보면 진정한 전령사는 꽃이
아니라 '봄비'다. 이 시는 촉촉한 봄비의 느낌을 잘 살리면서 시작한다.

春夜喜雨 춘 야 희 우
春夜 춘 야 봄밤
喜 희 기쁘다

두보는 왜 봄밤에 내리는 비를 그렇게 좋아했을까? 얼마나 좋았으면
'喜雨희우', 기쁜 비라고 했을까? 대체 시인의 어떤 생각이 감흥을 불러
일으킨 것일까?

好雨知時節 호 우 지 시 절
節 절 계절

시인들이 특히 좋아하는 표현기법 가운데 의인법이 있다. 두보 역시 이 시에서 비를 마치 사람처럼 묘사하고 있다. 사람이 아니고서야 어떻게 앎의 세계가 있을까마는 시인은 좋은 비가 계절을 먼저 알아보고 스스로 내린다고 말한다. (영화 호우시절은 때를 알고 내리는 좋은 비처럼, 마치 시절을 알고 나타난 것 같은 기막힌 사랑의 타이밍을 그려낸다)

當春乃發生 당춘 내 발생
當당 응당, 마땅하다
乃내 이내, 곧
發발 피다, 일어나다, 드러내다
乃發生 내 발 생 곧 발생하다

봄은 봄인데 當春당춘, 즉 마땅히 와야 할 봄이다. 그냥 봄이 아니고 '봄이로구나!' 그런 느낌이다. 잠자고 있던 대지에 갑자기 비가 내리니 비로소 세상이 깨어나는 형국이다. 세상 만물이 비로소 시즌을 알아보고 '오, 봄이다!' 하는 감탄사를 터트린다. 봄이 왔으니 이제 다들 일어나 새싹을 틔워야 한다고 자각하는 것이다. 일종의 현실자각 타임이다.

그렇게 봄비를 신호탄 삼아 이때부터 만물이 소생을 시작한다. 그래서 "야, 봄이로구나"라는 감탄사와 함께 시인의 마음도 움직인다.

봄비가 만물을 소생시키는 일 중에서 제일 눈에 띄고 기분 좋은 것은 꽃을 피우는 일이다. 發발은 '꽃이 피다'라는 뜻이다. 꽃봉오리가 막

벌어지려고 하는 그 모습이다.

한마디로 비가 내림으로써 세상 만물은 본격적으로 때가 왔음을 깨닫는다. '아, 봄이로구나. 이제 생명을 불어넣고 꽃을 피워야 하겠구나'라고.

시인은 이 엇갈리는 함축적 의미들을 호우지시절, 5글자에 모두 담았다.

隨風潛入夜 수 풍 잠 입 야
隨 수 따르다
潛 잠 잠기다, 깊다, 몰래

이제 꽃봉오리를 틔우러 가야 한다. 어떻게 가야 할까?

여기서 隨風수풍은 정말 두보다운 표현이다. 두보는 이 대목에서 隨(따를 수)를 썼다. 즉 내가 주체적으로 가는 것이 아니고 바람을 따라서 간다. 부는 듯 마는 듯 불고 있는 봄바람을 아무 생각 없는 것처럼 따라간다. 내가 비가 되어 바람 따라간다. 그것도 하루 중 낮이 아니라 밤에 따라가는데 요란스럽지 않게 살금살금 물에 잠겨 들어가듯 들어간다. 이것이 潛入잠입이다.

潤物細無聲 윤 물 세 무 성
潤 윤 물에 적시다, 윤택하다, 빛나다
細 세 가늘다, 자세하다
聲 성 소리

'潤윤'이란 잠입해 들어가서 촉촉이 적셔주는 것을 의미한다. 비 맞은 초록 잎은 마치 세수를 한 듯 빛나기 때문에 潤物윤물이란 결국 만물을 빛나게 해주는 것이다.

촉촉이 세상을 적시는 빗물은 소리가 거의 나지 않는다. 그래서 '細세'가 등장했다. 촉촉이 적시는데 봄비가 거의 소리가 없을 정도로 살금살금 깊은 밤에 내린다. 그냥 혼자 덜렁 온 게 아니고 바람 따라 들어와 만물을 촉촉이 소리 없이 적시고 있다.

野徑雲俱黑 야경운구흑

徑 경 지름길

雲 운 구름

俱 구 함께, 모두, 감추다

어릴 적 살던 시골의 모습을 한번 떠올려 보자. 들판에 펼쳐진 길[野徑] 위에 구름이 잔뜩 끼어 있다. 특히 비가 내리는 들판에는 구름과 바람이 다 어우러져 있다. 이 모습을 시인은 함께 '구俱'로 표현했다. 여기서 '함께'란 들판 길과 구름이다. 이렇게 들길과 구름이 모두 컴컴하다. 세상의 색깔이 바뀐다. 벌써 밤이다.

江船火獨明 강선화독명

江船 강선 강가의 배

火獨明 화독명 홀로 밝다

들판은 어둑하고 구름도 낮게 내려와 잔뜩 끼어 있는 밤에 강가의 배가 혼자 불빛을 밝히고 있다. '獨明독명'이다. 까만 도화지에 빨간 점을 찍은 것처럼, 그것만 홀로 반짝반짝한다. 마치 글자로 수묵화를 그린 듯, 강배가 반짝반짝하는 것이 느껴진다.

5행 '야경운구흑'과 6행 '강선화독명'은 기막힌 대구를 이룬다. 벌판에는 徑[길]이 나오고 강에는 船[배]가 떠 있다. '야경운구흑'은 모두가 어둑어둑 깜깜한 상태이고, '강선화독명'은 그 속에서 강배의 불빛만 홀로 환한 상태이다.

한 글자씩 뜯어보면 짝이 더 잘 맞는다. '야'와 '강' 즉 '벌판'과 '강' 그리고, '경'과 '선' 즉 '길'과 '배'도 짝이 맞는다. '俱(함께 구)'와 '獨(홀로 독)'도 정확한 대비를 이룬다. 5행은 '함께 하는 어둠' 즉 black인데 6행은 '홀로 밝음'이다. 두 詩句시구가 선명하게 대비된다. 구름은 짙게 끼어서 어둑어둑한 상태 즉 '구흑'이고, 대비되는 쪽은 혼자 빛나는 불빛 즉 '독명'이다.

5행과 6행의 대비가 음양의 대비처럼 너무 선명하다. "야경운구흑 강선화독명"을 읊조리다 보면 선명한 대비의 세계가 절로 생생하게 다가온다. 그냥 주르륵 늘어놓은 것 같은데 대비가 너무 그럴듯하게 맞춰져 있다.

曉看紅濕處 효간홍습처
曉효 새벽, 환하다

濕 습　젖다, 축축하다
處 처　장소

밤은 점점 더 깊어 가고 두보 시인은 잠이 오지 않는다. 그래서 갑자기 7행은 행간을 툭 뛰어넘어 효로 시작한다. '曉효'는 새벽이다. '曉효'가 나왔다는 것은 시인이 잠을 안 잤다는 말이다.

시인은 이미 촉촉하게 내린 봄비 속에 자연과 혼연일체가 되고, 비와 물아일체가 되어 새벽까지 왔다. 새벽이 되면 어둑어둑함이 조금씩 사라지면서 물체가 보이기[看간] 시작한다.

새벽이 되니까 비로소 빨간 게 보이기 시작한다. 꽃이다. 꽃도 새벽이 되니까 잔뜩 비에 젖어있는 모습이다. 비 맞은 봄꽃이다. '홍습처'니까 빨갛게 젖어있음을 의미한다.

花 重 錦 官 城　화 중 금 관 성
重 중　무겁다
錦 금　비단, 아름답다

새벽에 해가 뜨니, 비에 젖어서 온갖 꽃들이 젖어있는 모습이 보인다. 그리고 시인은 추측한다. '바야흐로 성도 전체의 꽃들이 다 무거워져 있겠구나!'

여기서 금관성이란 자신이 있는 성도의 별명이다. 시를 지은 장소인 사천성의 성도는 좋은 비단이 많이 났고 비단세를 받기 위한 큰 관청이 있었다. 그래서 성도의 별칭이 금관성이다.

시인은 마지막 부분에서 시상을 금관성 전체로 확장시킨다. 온 도시의 꽃들이 모두 비에 젖어서 촉촉하게 물기를 머금고 무거워졌을 것이라는 자각에 이른 것이다. 시인은 카메라로 줌인 하듯이 멀리 있는 피사체를 점점 끌어당긴다. 새벽녘, 자신의 가까이에서 빨간 꽃들이 비에 젖어있는 모습을 보며 그 의미를 확장하여 금관성 전체의 꽃이 다 무거워졌다고 생각한다.

은은하고 은근하게 세상을 깨운다

어찌 보면 시인은 봄비를 빌어서 인간들이 어떻게 살아야 하는가를 묻고 있는 것 같기도 하다. 시인은 이에 대해 아무 말도 하지 않지만, 이 시를 읽으면 저절로 느낌이 우러난다.

만물을 살리는 덕성은 요란하지 않다. 봄비처럼 은은하고 은근하게 세상에 도움이 된다. 비는 차별이 없다. 윤물, 즉 만물을 다 골고루 촉촉하게 해준다. 이것이 우주의 은근한 법칙이다.

마지막 행에서 제목이 이해된다. 봄밤의 기쁜 비, 희우는 곧 세상에 봄이 왔음을 알려주는 조용한 전령이다. 아름다운 봄비가 촉촉하게 꽃잎을 적셔 주듯이 우리도 좋은 소식을 가슴에 품고 가만히 세상을 깨우는 그런 삶을 살면 좋지 않겠나.

杜甫두보 (712~770)

　두보는 중국 盛唐성당의 최고 시인으로, 詩聖시성이라 불린다. 소년 시절부터 시를 잘 지었으나 과거 급제에 실패한 뒤로 각지를 방랑하며 살았다. 이백 등과 교우하며 시인으로 큰 명성을 얻었지만, 전체적인 삶은 불우하였다.

　44세에 安祿山안녹산의 난 직후 잠시 관직에 오르기도 했으나, 적성에 맞지 않았다. 48세에 관직을 버리고 식량을 구하기 위해 처자와 함께 四川省사천성에 정착하여 초당을 세웠다. 이 초당이 두보초당이다. 54세에는 귀향할 뜻을 품고 방랑을 계속하였는데, 결국 유랑하던 배 안에서 병을 얻어 59세를 일기로 병사하였다.

　두보는 詩시로 상당한 명성을 얻었지만, 그의 진짜 바람은 이것이 아니었다. 두보는 관직을 얻어 정치를 하고 집안도 일으키고 싶었다. 그러나 결국 그는 평생 변변한 출세를 하지 못했다. 오히려 가족과의 생이별에 시달린 시간이 많았고, 떠돌이처럼 살았던 시간도 많았다. 말년에는 당뇨병으로 시달리며 고통 받았다.

　하지만 삶이 고달플수록 주변의 사물과 사람을 바라보는 두보의 풍부한 감성과 따뜻한 시선은 더 깊어 갔다.

오언팔행시

호우지시절처럼 8행으로 쓰여진 시를 율시라고 한다. 율시에서 가장 엄격히 지켜야 할 규칙은 2, 4, 6, 8행의 끝 글자다. 이 시에서 2행의 끝 글자는 生생, 4행의 끝 글자는 聲성, 6행의 끝 글자는 明명, 8행의 끝 글자는 城성이다. 즉 생, 성, 명, 성이 각운이다. 우리 발음으로 따지면 다르게 보이지만, 중국 발음으로는 거의 같다. 운율에 확실한 규칙을 주면서도 문장이 추구하는 본연의 의미가 잘 살아 있다.

한발 한발 오르는 것이 삶이다
登鸛雀樓[5]

登鸛雀樓
등 관 작 루

관작루에 올라

白日依山盡
백 일 의 산 진

하얀 태양은 산마루에 다하고

黃河入海流
황 하 입 해 류

누런 황하는 바다로 흘러드네

欲窮千里目
욕 궁 천 리 목

천리 밖 끝까지 보고 싶어

更上一層樓
갱 상 일 층 루

나는 누각 한 층을 다시 오르네

가슴이 웅장해지는 시다. 시의 제목은 관작루에 오른다는 뜻이다.

---

5 〈등관작루〉는 2013년 박근혜 대통령이 중국을 방문했을 때, 시진핑 주석이 친필로 쓴 서예 작품을 선물하면서 한국에도 많이 알려졌다.

鸛雀樓관작루는 山西省산서성 남쪽에 있는 3층 樓閣누각이다. 풍경이 수려한 황하 연안에 웅장한 규모로 세워졌고, 중국 4대 누각 가운데 하나로 꼽힌다. 늘 鸛雀관작(황새 관, 까치 작)이 날아든다고 해서 관작루라 불린다.

시인은 이 관작루에 올라 천 리 밖을 바라보고자 한다. 그만큼 먼 이상을 추구하기 때문이다. 시인은 눈부셨던 하늘의 해가 지는 모습으로 시작해, 지상에서 굽이치는 황하 속에서 '나'라는 존재를 발견한다.

그렇게 큰 뜻을 가슴에 품었지만, 구체적인 실천은 내가 지금 서 있는 바로 이 자리에서 내딛는 한 걸음이다. 신발 끈 동여매고 한 층 한 층 더 올라가자고 독려한다. 저 머나먼 이상을 향해 한발 한발 끈질기게 나아가자는 호소는 우리로 하여금 시인의 장쾌한 기상을 느끼게 한다.

白日依山盡 백 일 의 산 진
白 백 하얗다
日 일 날, 해
依 의 의지하다
依山 의 산 작렬하는 태양이 산에 기댄다는 뜻
盡 진 끝까지 다하다, 최고에 이르다

이 시의 첫 단어, 白日백일은 눈부신 태양을 의미한다. 햇빛이 눈 부셔 거의 쳐다볼 수 없는 상태를 색깔로 표현하기 위해, 시인은 白백을 썼다. 아침에 떠오를 때의 해는 붉은 태양이지만 한낮에 쨍쨍 내리쬐는 태양은 차마 인간의 눈으로 바라볼 수 없을 만큼 밝다. 시인은 이를 白日백일이라 칭했다.

시인은 지금 하루 중에 저녁을 맞고 있다. 해가 눈부시게 작렬하다가 뉘엿뉘엿 산 너머로 지고 있다. 이를 산에 기대어 힘을 다했다고 표현했다. 처절한 표현이다.

黃 河 入 海 流　황 하 입 해 류
黃 황　누런빛
流 류　흐르다
入 海　바다로 흘러 들어가다

중국의 가장 큰 강 黃河황하는 중국의 황토고원에서 내려오는 물이기 때문에 누런빛을 띤다. 얼핏 보면 진흙탕 물로 보인다.

여기서 우리는 시인의 시선을 따라갈 필요가 있다. 처음에 시인은 관작루에서 뉘엿뉘엿 지는 해를 바라보고 있었다. '백일의산진'이니까 시인 왕지환의 시선은 서쪽을 보고 있다.

그렇게 서쪽 산으로 해가 뉘엿뉘엿 지는 것을 바라보다가 2행에서는 고개를 돌려서 강 쪽을 내려다본다. 누각에서 강물을 보려면 시선을 아래로 하는 수밖에 없다.

하지만 물길이 바다까지 들어가는 모습은 볼 수가 없다. 실제로는 안 보이지만 큰물이 마침내 바다에 닿는 그 모습을 보고 싶은 마음에 시인의 시선은 물줄기를 따라서 계속 내려간다. 자연스럽게 언젠가는 반드시 바다까지 흘러가리라고 연상하게 된다.

도대체 내가 누구이고, 세상이 어떻게 이루어졌는지, 세계에 대해 곰곰이 따져 볼 때 우리는 하늘[天]을 한번 보고, 또 한 번은 땅[地]을 본다.

시인이 그렇다. 1행에서 저 멀리 아득하게 지는 해를 바라보고, 2행에서는 고개를 숙여 강 물줄기를 따라간다.

이 역시 對句대구의 느낌을 잘 살렸다. '백일의산진'과 '황하입해류'의 두 행이 자연스럽게 확연히 대비된다. 일단 '백'과 '황'으로 색깔이 대비되고, 산과 바다, 다함[盡]과 흘러감[流]이 마찬가지로 묘한 대비의 미학을 보여준다.

欲 窮 千 里 目 욕 궁 천 리 목
欲 욕 바라다, 하려고 하다
窮 궁 끝, 막히다

학창 시절 영어 시간에 'be going to'는 가까운 미래라고 배웠다. 바로 이 'be going to'가 '欲욕'이다.

欲窮욕궁이란 뭔가를 끝까지 해내려 한다는 의미이다. 끝까지 뭘 하려는 걸까? 목적어는 千里目천리목이다. 천리목은 천 리 밖 끝까지 보려 한다는 뜻이다.

한문이 다른 글자에 비해 갖는 큰 차이는 품사가 정해져 있지 않다는 점이다. 우리말로는 目(눈 목)은 명사다. 하지만 한문의 경우 명사가

문맥에 따라서는 동사가 된다. 눈의 가장 큰 기능은 보는 것이다. 그래서 여기서 目목은 '본다'는 동사로 쓰였다.

누구나 내 눈앞의 작은 세계를 벗어나 자기 나름대로 추구하고자 하는 이상이 있다. 욕궁천리목은 한마디로 이상을 추구하는 나의 모습이다. 천리 밖의 이상을 좇고 있는 나의 존재를 암시한다.

更上一層樓 갱 상 일 층 루
更 갱 다시, 고치다(경)
層 층 겹, 층

'更'은 부사로 쓰이면 '갱'으로 읽고, 동사로 쓰이면 '경'으로 읽는다. (죄를 뉘우치고 삶이 거듭나는 것을 갱생이라고 한다.)

갱상更上은 한 층 더 올라간다는 의미이다. 관작루는 3층짜리 누각이다. 짐작건대 '갱상일층'이라 했으니 현재 시인은 1층에서 지금 2층에 올라와 있다. 거기서 다시 한 층 더 올라가겠다는 의지가 바로 갱상일층이다.

이 시는 독자의 가슴을 탁 트이게 해준다. 고개를 들어 해가 뉘엿뉘엿 지는 드넓은 하늘을 바라보다가 다시 그 아래 콸콸콸 굽이치는 누런 황하의 물줄기를 좇아가보니, 언젠가는 저 멀리 천 리 밖까지 나아가 끝내 바다로 이어질 그 장쾌한 모습을 상상하게 된다.

시인은 그 순간, 나는 어떤 꿈이 있었는지 떠올려 본다. 그렇게 천리 밖 너머로 끝까지 바라보고 싶은 내 꿈을 좇아 한 층 더 올라간다.

아무리 이상과 꿈이 있다고 해도 내가 발을 딛고 있는 것은 지금 이 자리이기 때문이다. 이 자리에서 신발 끈을 다시 매고 한발 한발 다시 올라가는 그것이 우리의 인생이다. 가슴엔 큰 꿈을 품고 다시 한 층 올라가자고 시인은 스스로 독려한다.

누각에 올라 뉘엿뉘엿 서산에 지는 해와 굽이쳐 흐르는 황하, 그 장대한 천지 사이에서 '나는 인생을 이렇게 살아야겠다'라는 마음속 다짐까지 담고 있는 셈이다.

중국이 유치원 시절부터 〈등관작루〉를 가르치는 이유

이 시는 중국인들이 좋아하는 시로 꼽힌다. 초등학교를 나온 중국 사람은 모두 이 시를 안다는 말이 있을 정도다.

많은 명시 중에서도 이 시가 특히 중국인의 사랑을 받는 이유는 가슴이 활짝 열리는 특유의 매력이 있기 때문이다. 중국은 어린 시절부터 아이들에게 이 시를 낭송하고 노래를 부르게 한다. 유치원생 시절부터 이런 시를 가르치는 이유는 '소년이여, 야망을 가져라'라는 가르침 때문일 것이다.

어린 시절에는 이 시의 의미를 깊이 있게 알 수 없겠지만, 이런 시 한 편을 가슴에 품고 살다 보면 언젠가는 자기도 모르게 포부가 커지고 진취적인 사람으로 변해갈 것이다.

王之渙왕지환 (688~742)

산서성 출신으로 盛唐성당 시대의 뛰어난 시인이다. 특히 詩想시상이 강건하기로 정평이 났다. 젊을 때는 술과 검술을 좋아해 협객들과 어울리며 살다가, 중년 이후에 공부에 전념했다. 하지만 과거 급제에는 끝내 실패했다. 탁월한 감성과 문장력을 갖춘 시인이었지만, 출세에는 성공하지 못한 셈이다.

벼슬을 포기한 시인은 주로 기생들과 어울리며 인기를 끌었다. 그가 시를 지으면 樂工악공들이 즉석에서 곡을 붙여 연주했다고 한다. 현재 『全唐詩전당시』에는 왕지환의 시 가운데 총 4首수의 시가 전해진다.

이 시는 2행과 4행 끝 글자 '류'와 '루'로 각운을 맞추어, 뭔가 위로 상승하는 느낌을 담았다.

남곡 김중경

6
펼치지 못한 큰 꿈, 눈물이 되다
登幽州臺歌

登幽州臺歌 등 유 주 대 가	유주대에 올라 부르는 노래
前不見古人 전 불 견 고 인	앞으로 옛사람 보이지 않고
後不見來人 후 불 견 내 인	뒤로 올 사람도 보이지 않는다
念天地之悠悠 념 천 지 지 유 유	유유히 흐르는 천지를 생각하노라니
獨愴然而涕下 독 창 연 이 체 하	홀로 그만 서글퍼 눈물이 떨어지누나~

작품의 제목인 '등유주대가'는 유주대에 오르며[登] 부르는 노래라
는 뜻이다. 幽州臺유주대는 전국시대 연나라의 수도였던 유주에 세워
진 누각이다. 유주는 지금 중국의 수도인 北京市북경시 근방이다.

　지리적으로는 만리장성 가까이에 있어 당나라 입장에서는 국경에 접

한 지역으로, 일종의 최전방이라고 할 수 있다. 시인은 최전선의 높은 누각에 올라서 짙은 감회를 읊은 것이다. 단순하지만 음미할수록 기상이 느껴지는 이유는 이런 맥락 때문이다.

진자앙은 씩씩한 기품으로 측천무후의 신망을 받았지만, 결국 자기의 뜻을 제대로 펴지 못하고 젊은 나이에 죽은 비운의 인물이다.

이 시에는 진자앙이 유주대에 올라 천지를 바라보며 자신을 알아주지 못하는 세상에 대해 서글퍼하는 심정과 당 건국 초기의 씩씩하면서도 비장한 분위기가 묘하게 잘 어우러져 있다.

前不見古人 전불견고인
古人고인 옛사람

앞을 계속 헤아려 봐도 나는 어디로부터 비롯되었는지 보이지 않는다. 물론 맥락상 여기서 '옛사람'이란 인재를 중시하는 현명한 君主군주로도 해석할 수 있다.

後不見來人 후불견래인
後후 뒤, 미래

시선을 다가올 앞날로 돌려본다. 그 종착점이 잡힐 리 없다. 당나라의 미래도 생각해 본다. 그런데 자기 앞으로도 뒤로도, 믿고 따를 사람이 안 보인다. 막막한 심정이다.

念天地之悠悠　념 천 지 지 유 유

悠 유 멀다

悠悠 시간의 오래됨과 공간의 광대함을 표현, 무궁무진한 모습

생각이 꼬리에 꼬리를 물고 일어난다. 결국 천지에 이르기까지 사고가 미친다. 그리고 궁극적 존재의 근거인 하늘과 땅이 얼마나 길고 유장한지 생각해 본다. ('유유'란 표현은 이런 맥락에서 등장했다.)

평소엔 그런 생각이 안 들었을 것이다. 하지만 유주대에 오르니 자신도 모르게 시간을 거슬러 올라갔다. 지나간 시간과 다가올 시간을 생각하다 보니 대우주의 천지 사이에서 홀로 선 내 모습이 그려진다.

獨愴然而涕下　독 창 연 이 체 하

獨 독 홀로

愴然 창 연 문득 서글퍼지는 쓸쓸한 모습

涕 체 눈물, 눈물 흘리다

그런데 마지막 줄이 참 묘하다. 홀로 쓸쓸해지는 생각이 들어서 눈물이 뚝뚝 떨어진다. 웅장한 느낌으로 나가다가 갑자기 고독하고 슬픈 감정을 드러내고 있다. 반전이다.

뒷이야기-則天武后측천무후 (624년~705년)

이 시는 측천무후와 떼어놓고 설명할 수 없다. 측천무후는 중국 역사상 유일한 여성 황제다. 그녀는 처음에 당 태종, 이세민의 후궁으로 입궁했으나 우여곡절 끝에 그의 아들인 당 고종의 황후가 된다.

쉽게 말해 아버지의 후처에서 그 아들의 부인이 되었다는 말인데, 여기까지도 놀라운 스토리이지만, 그 다음은 더 놀라운 드라마가 전개된다.

여성으로서 황후의 자리까지 올랐다면 그 시대의 여성으로서는 최고의 자리에 오른 것이라 할 수 있으나, 측천무후는 한걸음 더 나아가 아예 황제인 자기 아들을 내쫓고 자신이 직접 周주나라를 건국해 스스로 황제가 된다. (그녀는 이렇게 30세에 황후가 되어 80세에 죽을 때까지 50여 년을 권력의 정점에 있었다)

그러나 699년, 노쇠해진 무씨는 유폐되어 있던 자기 아들 이현을 다시 태자에 봉했다. 몇 년 뒤 측천무후는 병에 걸렸고, 적인걸 등 신하들은 무씨 왕조를 계속 이어가는 것에 대해 반감을 품고 있었다. 이러한 때에 재상 장간지가 군사들을 이끌고 와서 당 왕조의 복원을 요청하자 무씨는 이를 승낙해 당 왕조가 15년 만에 복원되었다.

자기 친정인 무씨 집안으로 갈 수도 있었던 권력의 계승권을 끊어버리고 원래 황족이었던 이씨 집안, 특히 영특해 보이는 손자 이융기에게 황제 자리를 넘겨준 것이다.

이후 중종 이현이 다시 황제로 즉위하였다. 그해 11월, 무씨는 중종

이현에게 '무씨 일가를 잘 부탁한다'는 당부와 죽은 뒤에 황제가 아닌 황후로 칭하라는 유언을 남기고 82세의 나이로 사망했다. 그는 죽기 전 자신의 묘비에 한 글자도 새기지 말라 명했다.

'내 비석엔 아무 글자도 새기지 말라.'

이 때문에 아직도 건릉에는 글자가 하나도 기록되지 않은 無字碑무자비가 세워져 있다.

측천무후는 비록 잔혹한 정치를 펼쳤으나, 그녀가 다스리던 시기는 태종 이세민이 다스리던 시대에 버금갔고, 백성들의 생활은 풍족하였다. 측천무후가 자신의 씨족을 요직에 앉혀 정치를 좌지우지한 것에 대한 평가는 부정적이지만, 측천무후의 집권기에 농민반란이 일어나지 않았다는 점에서 민중의 생활은 안정된 것으로 평가받는다.

무엇보다 그녀는 인재 등용의 능력이 뛰어나 과거제도를 안착시킨 것으로 유명하다. 측천무후에 의해 등용되었던 인재들에 의해 당 현종 시대 이른바 '개원의 치'6 가 이루어진다. 능호는 남편 고종과 합장된 乾陵건릉이다.

---

6 개원의 치(開元之治)는 당 현종이 집권했던 28년간을 뜻하는 말이다. 당 현종은 사찰과 승려의 수를 줄여 재정을 안정시키고 환관과 인척을 정사에 관여하지 못하도록 했다. 가뭄이 들었을 때는 황궁의 쌀을 백성들에게 나누어주는 등 어진 정치를 하였다. 이렇게 만들어진 태평성세를 당시의 연호인 개원(開元)을 따 '개원의 치(治)'라 부른다.

건릉에 있는 측천무후의 무자비. 자세히 보면 비석 하단에 글자들이 새겨져 있다. 원래는 무자비였지만, 후대인들이 무자비에 시를 적어 놓는 바람에 지금은 무자비가 아니라고 한다.

건릉에 있는 측천무후의 무자비. 자세히 보면 비석 하단에 글자들이 새겨져 있다. 원래는 무자비였지만, 후대인들이 무자비에 시를 적어 놓는 바람에 지금은 무자비가 아니라고 한다.

陈子昂진자앙 (661~702)

진자앙은 唐당나라 초기의 시인이다. 뛰어난 재능에도 불구하고 삶은 불운했고, 신체까지 허약하여 불행한 일생을 보냈다. 24세 때 진사에 급제하여 측천무후 밑에서 관직을 했으나, 너무나 곧은 성격이 문제였다. 황제 앞에서도 진자앙의 말은 직설적이어서 종종 받아들여지지 않았고, 측천무후의 폐단에 자주 비판적 의견을 제시했다. (그의 진사시험 동기들은 나중에 재상까지 올랐지만) 그는 직언을 서슴지 않는 성품이라 한때는 역적으로 몰려 투옥되기도 했을 정도였다.

696년에 거란이 쳐들어오자, 측천무후는 이를 진압하기 위해 武攸宜무유의를 파견했고 진자앙은 그의 참모로 출정했다. 그러나 무유의는 군사적으로 무능해 실수가 잦았다. 진자앙은 무유의에게 여러 차례 진언했지만, 이를 듣지 않고 오히려 그를 강등시켰다. 결국 진자앙은 사표를 냈다. 〈등유주대가〉는 이때의 울분을 담은 시이다.

관직을 떠난 진자앙은 유주 등지를 돌아다니며 비분강개하는 시를 많이 썼다. 그러다 아버지가 죽자 고향으로 되돌아갔는데, 고향의 현령이 진자앙의 재산을 탐내 그를 모함하는 바람에 결국 감옥에서 죽었다. 그의 나이 43세였다. 재능은 뛰어났지만 중용되지 못하고 불우하게 요절하고 만 것이다.

이 시는 1행, 2행은 다섯 글자, 3행 4행은 여섯 글자로 되어있는 독특한 古詩體고시체이다.

7

인생사, 끝없는 희망 고문
春望詞

春望詞 춘 망 사	봄의 희망
風花日將老 풍 화 일 장 로	바람결에 꽃잎은 날로 시들고
佳期猶渺渺 가 기 유 묘 묘	아름다운 기약은 아직도 아득해라.
不結同心人 불 결 동 심 인	그대와는 한 마음을 맺지 못하고
空結同心草 공 결 동 심 초	부질없이 동심초만 엮고 있다네.

물 위를 떠다니는 꽃잎처럼, 시간 위를 흘러가는 봄날을 하염없이 쳐다보고 있자면 종종 언젠가 날 버리고 떠나간 옛 연인이 생각나는 경우가 있다.

이 시의 배경이 그렇다. 〈춘망사〉는 설도라는 여성 시인이 어느 연하

남을 생각하며 남긴 글이다. 그는 한두 살 어린 것도 아니고 10살이나 어린 남자였다.

사내들은 연인을 떠날 때 항상 "다시 오겠다"라고 약속을 남긴다. 하지만 그 약속이 지켜지는 경우는 별로 없다. 그래도 기다리는 사람은 행여나 하는 마음에 하염없이 기다린다.

그때 하필이면 봄바람이 불어 꽃잎은 떨어지고 떠나간 연인은 더 생각난다. 그렇게 오지 않는 님 때문에 가슴만 아련해진다.

이 시를 쓴 설도는 사천성 성도의 기녀로 시를 잘 썼다. 시뿐만 아니라 악기와 서예에도 뛰어났다. 아름다운 여인이 문학과 예술에도 뛰어나니 설도를 흠모하는 뭇 남성들이 많았다.

그녀를 흠모한 많은 남성 중에 설도의 마음에 훅 들어와 꽂힌 남자가 사천 감찰어사 元鎭원진(779~831)이었다. 원진은 설도보다 10살 어린 연하남인데, 시로써 설도와 교감을 많이 했고 그만큼 설도의 마음을 흔들어 놓았다고 한다.

그러나 잠시 설도의 마음에 들어왔던 원진은 얼마 지나지 않아 무심하게 떠나갔다. 그녀는 가버린 옛 연인을 잊지 못하고 애달픈 마음을 시를 쓰며 달랬다. 이렇게 남긴 시가 100여 편이나 된다고 하는데 〈춘망사〉는 그 중 대표작으로 꼽힌다.

風花日將老　풍화 일 장 로
風花　바람과 꽃(그냥 바람꽃이라 해도 좋다)
將 장　장차

시는 첫 한 줄부터 깊은 슬픔을 머금고 있다. 무르익은 봄, 산들산들 불어오는 봄바람과 아름다운 꽃이 사람을 들뜨게 한다. 하지만 이 모든 봄바람과 봄꽃은 장차[將] 시들어[老] 갈 것이다.

이 좋은 봄날이 하루[日] 가고, 하루 가고, 하루 가다 보면 결국 모든 봄이 다 가버린다. 그렇게 바람도 바뀌고 꽃잎도 떨어질 수밖에 없다. 장차 늙어가고 시들어 가는 애절한 슬픔이 첫 행을 채운다.

佳 期 猶 渺 渺　가 기 유 묘 묘
佳 가　아름답다
期 기　기약하다
佳 期 가 기　아름다운 약속
猶 유　오히려, 단지
渺 渺 묘 묘　아득하고 아득하다

설도를 떠난 남자가 일종의 '헛바람'을 집어넣었다는 사실이 '가기佳期'라는 단어에서 분명해진다. 佳期가기란 뭔가 약속을 했다는 뜻이다. 십중팔구 꼭 다시 오겠다고 약속했을 가능성이 높다. 달콤한 기약, 그것이 '佳期가기'다.

어떤 느낌을 강조하고 싶을 때 같은 글자를 반복한다. 여기서는 아득하다는 느낌을 살리기 위해서 渺(아득할 묘)를 두 번 반복했다. 김억 시인은 이를 '아득타'라고 번역했다.

不結同心人 불결동심인
結결 **맺다**
同동 **같다**

3행에서 본격적인 시인의 마음이 드러난다. 시인은 지금 만나고 싶어도 만날 수 없는 그 님을 생각하고 있다. 떠난 님과 한마음으로 맺어질 수가 없으니, 그것이 동심인의 不結불결이다.

空結同心草 공결동심초
空공 **비다, 헛되다**
空結공결 **부질없이 맺는다**

시인이 空공을 쓴 것은 부질없다는 뜻을 강조하기 위함이다. 다른 말로 하자면 '쓸데없이' 정도의 느낌이다. 동심초에서 김억 시인은 이 空공을 '한갓되이'라고 번역했다.

어린 시절 길거리의 이름도 없는 풀을 엮어서 꽃반지 만드는 장난을 한 번쯤 해본 기억이 있을 것이다. 空結공결은 님은 떠나고 없는데 공연히 풀만 꼬아서 둘을 맺어주고 있다는 뜻이다.

이 행은 3행의 불결과 멋진 對句대구를 이룬다. 정작 이어져야 할 연인[동심인]끼리는 不結불결이고, 괜한 풀들[동심초]만 空結공결인 셈이다.

김억의 동심초

설도의 〈춘망사〉는 우리에게도 잘 알려진 〈동심초〉의 원작이다. 김억 시인의 시, 〈동심초〉가 당나라 시 〈춘망사〉를 번역한 노래임은 잘 알려지지 않았다.

〈동심초〉

"꽃잎은 하염없이 바람에 지고
만날 날은 아득타 기약이 없네.
무어라 맘과 맘은 맺지 못하고
한갓되이 풀잎만 맺으려는고."

金素月김소월 시인의 스승이기도 한 金億김억 시인은 우리나라 근대시의 개척자로 일컬어진다. 그가 설도의 〈춘망사〉를 우리말로 옮긴 것이 〈동심초〉이다. 문학의 족보로 따지자면, 한국 현대시의 뿌리에도 당나라 여인 설도가 영향을 준 셈이다.

하지만 김억 시인의 동심초는 '번역은 제2의 창작'이라는 말을 생각나게 할 정도로 제목부터 본문까지 우리말의 느낌을 아주 잘 살린 멋진 작품이다. 일단 춘망사의 마지막 행 '공결동심초'에서 마지막 세 글자를 따와 동심초라는 제목을 붙인 시인의 감각이 매우 탁월하다.

동심초는 한 줄 한 줄이 모두 살아있는 표현들이다. 시상은 단순하지만 읊으면 읊을수록 우리 정서에 훨씬 더 그럴듯하게 와 닿는다. 멋들어지게 우리말의 감각을 살린 최고의 번역이 아닐 수 없다.

[同心之言동심지언의 중요성]

이 시의 핵심어인 '同心동심'과 관련, 공자님이 남긴 말씀을 잠깐 살펴보자.

二人同心 其利斷金
이 인 동 심   기 리 단 금

同心之言 其臭如蘭
동 심 지 언   기 취 여 난

이 말은 周易주역에 나오는 공자의 말씀이다. 두 사람[二人]이 한 마음[同心] 되면 그 날카로움[其利]은 쇠를 끊는다[斷金]는 의미다.

여기서 其利기리는 其 그 기, 利 이로울 이로 구성된 단어다. 원래 '利'자는 칼[刂]로 벼[禾]를 수확하는 데서 왔다. 이 때문에 利리는 '날카롭다'라는 뜻으로 쓰이기도 한다. 其利기리, 즉 '그 날카로움'이라는 의미다.

同心之言동심지언이란 한마음이 되어 하는 말이다. 한마음이 되어 하는 말은 그 향기가 난초 향과 같다. 앞의 기리처럼 其臭(其 그 기. 臭 냄새 맡을 취)란 그 향기를 뜻한다.

두 사람이 한뜻이 되면 쇠도 끊어버리고, 한마음으로 하는 말은 그 향내가 난초[蘭]의 은은한 향내와 같더라[如]는 의미다.

현대 조직 사회는 개인간 협력과 팀워크를 강조하는데 이는 공자가 활동하던 시절에도 마찬가지였다. 동심지언은 사람과 사람이 한마음 한뜻으로 움직이는 것이 큰 힘을 갖고 놀라운 성과를 이룰 수 있다는 중요성을 표현한 말이다.

당나라의 황진이, 薛濤설도 (768~832)

이 시의 지은이는 薛濤설도라는 여성이다. 옛날에는 여성이 사회적으로 많은 억압을 받았다. 조선 시대는 말할 것도 없고 당나라 시대에도 그랬다. 그 시절 여성들이 자유분방함을 획득할 방법 중에 (역설적이지만) 기생이 되는 길이 있었다. 존귀한 가문의 귀부인들은 철저하게 집안의 예법에 갇혀 있어야 했지만 오히려 기생은 대놓고 여러 남자와 연애감정을 나눌 수 있기 때문이었다.

설도는 가난한 집안에서 태어나서 기녀가 되었다. 타고난 미모에 멋진 시도 잘 썼으니, 남자들에게 얼마나 인기가 많았겠는가. 조선 시대에 예쁘고 시도 잘 지었던 기생 황진이가 '조선의 설도'라고 불렸다고 하니 바꿔 말하자면 설도는 당나라의 '황진이'다.

설도는 사내들의 연인이었다. 그녀는 사천성 成都성도7에 살면서 元稹원진, 白居易백거이 등 당대의 내로라하는 엘리트들과 어울렸다. 이중 원진과의 연애사는 지금까지 전설로 내려오지만, 그녀는 결국 끝내 혼자 살았다.

---

7 시의 지리적 배경은 삼국지의 촉나라 지역 즉 오늘날의 사천성이다. 설도가 살았던 곳이 바로 유비가 세웠던 촉나라의 수도, 성도다. 사천성은 중국을 상징하는 동물 '판다'로 유명하다.

시에서는 기약 없는 님과의 인연을 아름다운 곡조로 읊었지만, 실제 시인 설도는 똑똑하고 현실적인 여인이었다. 떠나간 남자를 무한정 기다리느라 인생을 소비하지 않았다.

사업에도 재능을 보였던 그녀는 당나라 시절, 薛濤箋설도전이라는 이름의 채색종이를 만들어 팔아서 크게 성공했다. 자기 이름을 딴 브랜드를 만들어 종이 장사를 한 것이다. 지금 봐도 뛰어난 사업 감각이 아닐 수 없다. 그렇게 사내에게 의지하지 않고 자립적 삶을 살았던 그녀는 말년에는 道士도사가 되었다고 한다.

지금도 성도에는 그녀를 기념하는 望江樓망강루라는 공원과 설도기념관이 있다.

── 8 ──

내 인생은 왜 이렇게 답답한가?
天道

天道
천 도

| 窮 | 達 | 皆 | 由 | 命 | 막히고 통하는 것이 모두 天命을 따르거늘 |
| 궁 | 달 | 개 | 유 | 명 | |

何 勞 發 歎 聲
하 로 발 탄 성
뭐할라고 한탄 소리 번거롭게 내시는가~

但 知 行 好 事
단 지 행 호 사
좋은 일은 그냥 알고 하면 되지,

莫 要 問 前 程
막 요 문 전 정
내 앞길 어찌될지 물어볼 거 뭐 있는가

冬 去 冰 須 泮
동 거 빙 수 반
겨울 가면 얼음은 녹는 거고,

春 來 草 自 生
춘 래 초 자 생
풀은 봄이 오면 절로 돋아난다네.

請 君 觀 此 理
청 군 관 차 리
그대여, 이 이치를 잘 살펴보게

天 道 甚 分 明
천 도 심 분 명
하늘의 도리는 참으로 분명하다네.

천도란 무엇인가?

요즘은 많이 없지만 예전에는 길거리에서 "도를 아십니까?"라며 접근해 오는 사람들을 종종 만날 수 있었다. 정말 도란 무엇일까? 보통 '도'라 하면 어렵게 생각하는 경우가 많다. 잡을 수 없는 뭔가 심오한 것을 떠올린다. 하지만 도를 그렇게 어렵게만 생각할 일이 아니다.

우리는 일상생활에서 종종 '내 인생은 왜 이리 풀리지 않을까?'라고 푸념한다. 당나라 시절 시인의 머릿속도 다르지 않았다. 풍도 시인이 쓴 〈천도〉라는 시는 궁달窮達이라는 단어로 시작한다. 왜 하필이면 궁달로 시작을 삼았을까?

궁과 달은 서로 반대말이다. 궁窮은 '막힘'을 의미하고 달達은 '탁 트임'을 의미한다. 우리네 인생은 窮達궁달, 즉 막힘과 풀림으로 요약할 수 있다. 이 시에서 궁은 '내 인생은 왜 이리 꼬이기만 할까?'라는 탄식이다. 이 탄식을 극복할 수 있다면 우리는 천도를 깨닫는 것일지 모른다.

낮이 가면 밤이 오고, 밤이 지나면 다시 낮이 오게 마련이다. 해가 떴다가 지지만, 그렇다고 세상이 끝나는 것은 아니다. 이것이 그 어떤 사실보다도 가장 확실하고 가장 믿을 수 있는 하늘의 원리, 즉 천도다.

동양사상에는 天人合一천인합일의 정신이 있다. 하늘 길과 사람이 살아가는 길이 다르지 않다. 그래서 合一합일을 추구한다. 나의 삶을 하늘의 이치에 맞춰 일치하게 만드는 것이 우리가 추구하는 삶의 지침이다.

풍도의 시는 이러한 천인합일의 정신을 담담하면서도 확고한 언어로 표현하고 있다. 돌고 도는 세상 속에 하늘의 이치가 담겨있다. 걱정과 한탄으로 삶을 허비하지 말자.

窮 達 皆 由 命 궁 달 개 유 명
窮 궁 다하다(끝까지 가버림, 즉 막힘을 의미)
達 달 통달하다(탁 트임을 의미, 窮궁과 반대개념)
皆 개 모두
由 유 유래하다
皆 由 命 개 유 명 모든 것이 命명으로부터 말미암다

何 勞 發 歎 聲 하 로 발 탄 성
何 하 어찌
勞 로 힘쓰다
何 勞 어찌 그리 애를 쓰는가
歎 탄 탄식하다

이 시의 첫 두 줄, "궁달개유명 하로발탄성"은 인생의 막히고 뚫림이 다 命명에 있는데, 왜 수고로이 탄식 소리를 내느냐는 일종의 꾸짖음이다. 시의 작자인 풍도는 이렇게 말하고 싶은 것인지 모르겠다.

"궁窮과 달達은 그때그때 단편적으로 생각하지 말아야 한다. 이 모든 것이 명命으로부터 말미암았다고 생각하자. 그런 마음가짐으로 자

신을 다스린다면 당신이 지금처럼 찌그러져 있지는 않을 거다!"

[명命의 구분, 운명과 숙명]

명命을 둘러싼 개념 중에 運命운명과 宿命숙명의 차이를 정리해 볼 필요가 있다. 인간에겐 운명과 숙명이 함께 있다.

운명은 개인의 노력과 의지로 바꾸고 개척할 수 있지만, 숙명은 날 때부터 규정된 삶의 조건으로 변경하거나 지울 수 없다. 이것은 개인적인 의지를 벗어난다. 사람은 종종 자신의 숙명에 대해 원망한다. '우리 부모님은 왜 이리 가난한가! 나는 왜 하필 이런 집에 태어나서 이 고생인가!' 이런 탄식이 숙명에 대한 원망이다.

하지만 숙명을 탓하는 삶은 어리석다. 정도의 차이는 있지만 모든 조건이 완벽한 삶은 존재하지 않는다. 재벌 회장이라고 하여 자책하는 지점이 하나도 없을까? 이것이 숙명이 주는 의미다. 숙명은 탓할 대상이 아니라 수용의 대상이다. 이를 받아들이지 못하고 거스르려 한다면 인생은 큰 질곡에 묶이고 만다.

반면 운명은 굴복의 대상이 아니라 씩씩하게 뚫고 나가야 할 도전과 개척의 대상이다. 운명은 움직이는 것이고 바꿀 수 있다. 운명은 스스로의 지혜와 힘으로 뚫고 나가는 것이다.

우리는 숙명과 운명을 잘 구분해야 한다. 운명을 숙명으로 간주하면 자포자기하게 되고, 숙명을 운명으로 받아들이면 개척의 대상으로 여겨 헛된 노력을 하기 때문이다.

사람은 자기 운명을 개척할 수 있는 용기, 강한 결단력과 실천력이 있어야 한다. 바꿀 수 없는 숙명에 대해서는 불평하고 원망하기보다는 너그럽게 받아들이는 인정과 수용의 자세가 필요하다.

예를 들어 내가 태어난 가족, 인간의 노화 등은 바꿀 수 없는 것들이다. 그대로 인정하며 포용하고 긍정해야 한다.

그러나 학업 성취, 인격 연마, 진실한 사랑, 사회적 성공 등은 대부분 개인적 노력과 의지로 충분히 돌파할 수 있다. 이를 숙명으로 여겨 포기하고 방관하는 것은 작은 시련을 숙명처럼 굳어지게 한다.

但知行好事 단지행호사
但단 오직
但知단지 오로지 이것만 알면 된다
事사 일
行好事 행호사 좋은 일은 실행하라

3행 '단지행호사'는 '좋은 일은 즉각 실행하라'는 메시지다. 우리 뇌는 철저하게 선택적으로 기억한다. 효율성을 추구하기 때문이다. 우리는 한 달 전에 뭘 먹었는지 기억하지 못한다. 밥 먹고 잠자는 일상적 부분들은 중요하지 않기에 관련 기억을 지워버린다.

하지만 수십 년 전의 일이라도, 어린 시절 노래를 잘 불러서 선생님께 칭찬받은 기억은 평생 잊지 않는다. 늘 흘러가던 일상과 구분되는 특별한 의미가 담기기 때문이다.

나이가 들수록 시간이 빨리 가는 이유도 이벤트가 없기 때문이다. 인간의 시간이란 결국 이벤트의 집합이기 때문에 우리가 기억에 담아둘

만한 특별한 사건이 별로 없으면 주관적 시간이 빨리 갈 수밖에 없다.

반면 일부러 여행을 가거나 뭔가 기억에 남을 일을 하면 시간이 느려진다. 결국 인생의 지혜는 다른 데 있지 않다. '좋은 일은 곧바로 한다'라는 대원칙으로 귀결된다. 의미 있는 사건들을 많이 만들어야 한다. 이것이 바로 '단지행호사'가 주는 메시지이다. 단순하지만, 음미할수록 이 이상의 궁극적인 진리가 있을까 싶은 구절이다.

莫 要 問 前 程 막 요 문 전 정

莫 막 ~ 하지 마라(금지사)

要 요 구하다

問 문 묻다

莫 要 問 막 요 문 물어볼 필요가 없다

前 程 전 정 앞 길

시인은 '나의 앞날에 관해 묻지 말라'고 요구한다. 앞날을 묻는 이유는 미래에 대한 근심과 걱정이 많기 때문이다. 21세기 과학의 시대에도 여전히 많은 사람들이 점을 치는 이유도 미래가 불안하기 때문이다.

그러나 '단지행호사'하면 된다는 삶의 철학이 분명하다면 불안하지 않다. 이런 사람들은 앞날을 궁금해하지 않고, 점을 치거나 점에 의존하려 하지도 않는다. 다시 말해 이 시는 '좋은 일은 실행에 옮기고 앞날은 묻지 말자'라는 메시지다.

그러나 앞날을 불안해하지 말라는 지침은 실행에 옮기기가 말처럼 쉽지 않다. 인간의 심리는 다 똑같다. 누구에게나 가장 궁금한 것은 자기 앞날이다.

冬去冰須泮　동거빙수반
冬去동거　　겨울이 가다
須수　모름지기
泮반　녹다
冰須泮빙수반　얼음은 반드시 녹는다

낮이 가면 밤이 오고, 겨울 지나 봄이 오는 것은 예외가 없이 일어나는 필연적인 일이다. 겨울이 지나면 얼음은 반드시 녹는다. 이 말이 "동거빙수반"의 의미다. 이 짧은 시에 동양 문화가 갖고 있는 순환적 세계관이 잘 나타난다.

春來草自生　춘래초자생

겨울 가면 반드시 봄이 온다. 그래서 시인은 다음 행에 '춘래'를 등장시킨다. '동거'와 '춘래'를 대비해 짝을 맞춘 것이다.
봄바람 속에 어린 풀의 싹이 올라온다. 누가 일부러 풀이 올라오게 시켜서 올라오는 것이 아니다. 봄이 오면 풀들은 스스로 알고, 저절로 올라온다. 너무도 담백한 이 세상의 진리가 아닐 수 없다.

그 하잘것없는 봄풀들조차 자기 혼자 알아서, 아무도 가르쳐주지 않아도 스스로 봄이 되면 피어난다. 보잘것없는 저 풀도 저렇게 솟아나는데 어떻게 귀한 인간으로 태어나 그렇게 앞날에 대한 걱정만 안고 살아가는가! 어찌 풀만도 못한 삶을 사는가!

춘래초자생에는 이러한 인생의 충고가 담겨있다.

[生生생생과 食色식색]

공자는 주역에서 세상 우주 만물 변화의 핵심을 '생생生生'이라고 했다. 우리가 '생생하다' 할 때의 그 표현이다. 생생은 그 자체가 목적이다. 살아있는 것을 살게 하는 것. 이 삶과 세계에 그 이상의 가치가 없다.

'行好事행호사'의 핵심도 따지고 보면 '생생'이다. 살아있는 것을 더 잘 살게 하는, 그보다 더 좋은 일이 있을까? 그래서 공자와 주역의 핵심은 '생'으로 귀결된다.

생의 핵심은 지속성이다. 불교는 이 때문에 함부로 생을 끊는 행위, 즉 살생을 제일 큰 죄악으로 여겼다.

食食식식도 중요하다. 인간은 매일 매일 먹지 않으면 생이 지속되지 않기 때문이다. 결국 생을 중요시하다 보면 먹는 것도 중요시하게 된다.

그런데 모든 생명체는 아무리 노력해도 영원히 살지 못한다. 언젠가는 죽음에 직면한다. 결국 생명체는 언젠가는 끝날 나를 대신해서 나를 이어 나갈 새로운 존재에 집착한다. 남男과 여女가 만나 사랑을 나누고 자식을 만드는 행위가 그것이다. 다음 세대를 통해서 생을 이어가는 것, 이것이 세상의 이치다.

아무리 과학 기술이 발달하더라도 인간의 근본 문제는 결국 '食식, 色색'의 문제로 귀결 될 수밖에 없다. 모든 도덕 윤리와 사회제도의 기초는 보편적인 생을 유지 발전하는 방향으로 '식, 색'의 문제를 해결하고 조율하기 위한 것이다.

동양문명에서 궁극적으로 추구했던 가치의 핵심이 '生생'이라는 점에서 '춘래초자생'의 '生생' 역시 매우 위대한 생이 아닐 수 없다.

請君觀此理 청군관차리

請 청 청하다

君 군 임금 또는 상대를 높여 부르기 위한 말(요즘도 김君, 이君, 이렇게 부르는 경우가 있다. 우리 선조들은 벼슬자리도 없는 지인들을 김公, 이公, 이렇게 부르기도 했다)

請君 청군 그대여, 제발

此 차 이

觀此理 관차리 (복잡하게 생각할 것 없다) 세상 이치를 그냥 보라

天道甚分明 천도심분명

甚 심 심하다, 매우

甚分明 심분명 매우 분명하다

천도는 어렵게 멀리서 레퍼런스를 찾을 일이 아니다. 우리의 주변에서 너무나 쉽고 분명하게 볼 수 있다. 道도란 하늘에 붕붕 떠다니는 추상적인 것이 아니다. 겨울 가니까 얼음 녹고, 얼음 녹으면 봄이 온다. 이

이상의 진리가 어디 있을까? 봄이 오면 풀이 자기가 알아서 돋아난다. 이 이상의 기적이 어디 있을까?

그래서 시인은 마지막에 please, 請청을 외친다. '그대여! 복잡하게 생각할 것도 없다. 그냥 보아라. 겨울 가니까 얼음이 녹고, 풀이 피어나고, 봄이 가면 여름, 여름 가면 가을이 오는 이 세상의 이치를 그냥 보아라. 무슨 의문의 여지가 있는가!' 이 단순 명료한 이치를 제대로 이해한다면 굳이 점집을 찾아다니며 미래를 걱정할 필요가 없다.

부도옹의 원조, 馮道풍도 (882~954)

풍도는 재미있는 인물이다. 키가 작은 등소평을 중국 사람들은 오뚝이라고 부른다. 정적들이 계속해서 등소평을 밀어냈지만, 쓰러지고 쓰러져도 다시 일어났기 때문이다. 이 오뚝이를 한자로 표현하면 不倒翁 부도옹이다. 倒(넘어질 도)와 翁(노인 옹)을 써서, 넘어지지 않는 노인이라는 뜻이다.

중국 역사에 등장하는 이 부도옹의 원조가 바로 풍도馮道(882~954)다. 풍도는 한마디로 험악한 시대를 살았다. 당나라가 망한 907년부터 이후 송나라가 세워진 960년까지 53년간의 권력 공백기가 있었다. 이 시기에 무려 다섯 왕조가 명멸했으니 엄청난 혼란기였다.

풍도는 당나라 말기 '黃巢황소의 난'이 한창일 때 태어나, 5대 10국이 교체되는 혼란기에 다섯 왕조, 11명의 천자를 섬기며 50여 년 동안 관직에 있었다. 이 난세에 20년은 재상으로 지내면서 천수를 모두 누리고 73살에 죽었다.

이 때문에 많은 역사가들이 '충신은 한 임금을 섬긴다'는 유교적 기준을 내세워 풍도를 '절조라고는 없는 기회주의자'로 간주하기도 한다.

풍도는 어떻게 처신했길래 그처럼 빈번하게 바뀌는 왕조에서 그렇게 오랫동안 살아남으며 부도옹이라는 평가를 받을 수 있었던 것일까?

풍도가 중요하게 생각한 것은 황제가 아니라 백성이었다. 황제 자리가 어찌 되든 상관없이 난세에 처한 민중의 생활을 위해 자기 소신을 펼쳤다. 위에서 아무리 험한 일이 벌어지더라도, 자신은 묵묵히 자기 길을 갔다.

풍도는 평생을 고위직에 있었지만, 사사로운 이익을 취한 일이 없었다. 풍도는 가난한 농민 출신으로 오로지 자신의 노력으로 재상의 자리에 올랐다. 혼란의 시대에 백성을 걱정하며 살상을 막고, 나라를 안정시키기 위해 노력했다. 풍도가 천도라는 시를 쓸 수 있었던 것도 이러한 자기 철학과 소신 때문이었을 것이다.

풍도는 상당한 문명사적 기여를 이루기도 했다. 대규모의 서적 출판 사업을 펼친 것이다. 조선 시대에는 과거라는 국가고시에 합격해야 실제적인 통치 엘리트가 될 수 있었다. 즉 단순히 타고난 핏줄만으로 신분의 유효성이 계속 유지되는 것이 아니라 '시험'이라는 사후적인 노력이 필요했다. 과거제도는 세습이 귀족 신분의 근거가 되는 유럽보다 역사적으로 진보한 제도라고 할 수도 있겠다.

그런데 중국에서 수입된 이 과거제도는 중국의 송나라 때 크게 발달한 것이고, 그 저변의 기초에는 바로 풍도의 출판진흥 정책이 있었다. 과거제도가 발달하려면 '책을 싼값에 쉽게 구할 수 있어야 한다'라는 대전제가 충족되어야 된다. 만약 책이 구하기가 너무 힘들어서 귀족들만 서적을 구할 있다면, 어차피 공부는 귀족들의 전유물이 될 수밖에 없고, 천하의 인재를 찾아 쓰는 과거 같은 제도는 실효성이 있을 수 없다. 풍도가 바로 그 작업을 한 것이다.

서양에서는 성경을 처음 인쇄한 구텐베르크가 지금도 존경받는 문화영웅으로 추앙받고 있다. 그의 가장 큰 업적은 소수 귀족이나 성직자가 독점하고 있던 성경을 싸게 구할 수 있게 하여 지식의 대중화를 실현한 일이었다.

풍도는 중국에서 사실상 구텐베르크의 역할을 한 것이다. 책 구하기가 쉬워지면서 중국은 물론 우리나라도 과거제도라는 거대한 혁명이 시작될 수 있었다.

이시는 율시다. 율시는 2-4-6-8행의 마지막 글자에 각운을 맞춘다. 2행의 끝은 聲성, 4행의 끝은 程정, 6행의 끝은 生생, 8행의 끝은 明명. 한글 표기로는 '성-정-생-명'이지만, 중국 발음상으론 같다.

10년에 한 줄, 공자의 특이한 자서전

공자의 아버지는 노인이었다. 너무 늙은 나이에 아들을 얻은 그는 공자가 세 살

되던 해에 죽고 말았다. 반면, 공자의 모친은 불과 열여섯 살에 공자를 임신했다고 기록은 전한다.

왜 이렇게 부부의 나이 차가 많이 났던 것일까? 원래 공자의 아버지는 공자의 어머니 외에 본처가 따로 있었고, 본처 소생의 아들도 하나 있었다. 하지만 장애인이었다. 그래서 공자의 아버지는 또 다른 아들을 낳아줄 수 있는 열여섯 살밖에 안 된 후처를 데려왔던 것이다.

이런 가정사로 볼 때, 공자는 정상적인 가정에서 태어났다고 볼 수 없었다. 공자는 나중에 어머니마저 일찍 돌아가시는 바람에 십대의 나이로 고아가 됐다. 귀족 출신도 아니고 고아까지 됐으니 먹고 살기가 힘들었던 공자는 청년시절 이일 저일 가리지 않고 닥치는 대로 해야 했다. 나중에 공자가 최고의 석학이 되어 천하를 돌아다닐 때 어떤 사람이 물었다.

"공 선생님은 지식과 지혜만 탁월하신 게 아니고 여러 가지로 재주가 많습니다. 어떻게 그렇게 할 줄 아는 것이 많으십니까?"

그러자 공자가 말하길
"나는 어릴 적부터 천하게 자라, 안 해본 일이 없습니다."

21세기인 오늘날까지 공자가 위대한 스승으로 평가받는 이유의 저변에는 이렇게 자신의 여러 가지 한계와 열등감을 솔직하게 인정하고, 스스로 다양한 삶의 교훈을 체득하며 살아왔던 공자의 진솔함이 있었다.

공자의 외모는 어땠을까? 무인 출신이던 아버지의 피를 이어받았는지 공자는 키가 매우 컸다. 키가 너무 커서 공자가 나타나면 사람들이 그를 바로 알아볼 수 있었다. 공자의 이름은 '됴구'이다. 이름에 됴(언덕 구)를 쓴 이유는 공자가 '언덕'처럼 튀어나온 머리모양을 하고 있었기 때문이었다.

그렇다면 그의 삶은 어떠했을까? 공자는 죽기 얼마 전, 자신의 특정 시기를 각한 문장으로 표현하는 일종의 자서전을 남겼다. 이 한 줄 자서전이 논어에 나온다. (공자가 73세에 죽었기 때문에 이 자서전에는 70대까지의 삶이 언급되어 있다.)

열다섯, 立志입지

첫째, 공자는 열다섯 살 때 뜻[志]을 뒀다고 말한다. 뜻이란 세우는 것이기 때문에 立志입지라고 표현했다.

청소년 시절에 무엇이 가장 중요할까? 십 대의 가장 큰 일은 뜻을 분명하게 세우는 것이다. 궁극적으로 무엇을 인생의 목적으로 삼고 살아갈 것인지, 그게 뜻을 세운다는 의미다.

흔히 '입지전적 인물'이라고 표현할 때 등장하는 '입지'가 바로 이 말이다. 뛰어난 사람들은 자기가 세운 뜻을 일관되게 밀고 나가서 뭔가를 이루어 낸다.

사람들의 삶이 어그러지는 이유는 뜻이 불분명하고, 설사 뜻을 세웠다 할지라도 이를 끈질기게 밀고 나가지 못하기 때문이다.

그렇다면 공자는 어디에 뜻을 세웠을까? 공자의 목적은 학문이었다. 공자는 어려운 조건 속에서 배움에 뜻을 두고 당대의 지식을 파고들었다.

30살, 而立이립

공자는 30살에 而立이립했다. '立립'의 의미는 지금 시대로 말하면 독립이다. 여기서 '독립'의 의미는 두 가지다. 우선 경제적 자립 기반을 갖춰 자기 힘으로 먹고 살 수 있게 되는 것이다. 둘째로 물질적 기반 뿐 아니라 학문적 기본도 갖추었다는 의미이다. 요즘의 표현으로 하자면 일정 수준의 '학위'를 받을 정도가 되었다고 할 만큼 자기영역에서 어느 정도 인정을 받았다는 것이다.

40살, 不惑불혹

공자의 한 줄 자서전에서 가장 유명한 단어는 '불혹'이다. 웬만한 유혹에도 넘어가지 않는 그 나이를 不惑불혹이라고 한다. 인생에는 누구에게나 넘어가지 말아야 할 수많은 유혹이 존재한다. 40살은 세상에 나의 정신을 빼앗겨, 판단을 흐리는 일이 없어야 마땅한 나이인 것이다.

열다섯에 뜻을 세우고 서른 살에 어느 정도 '나'의 기초를 닦았다면, 마흔 살에는 그렇게 정립한 자신을 더 심화시켜 웬만한 바람에는 흔들리지 않을 정도로 만들어야 한다는 것이다.

50살, 知天命지천명

하늘의 명을 깨닫는 나이이다. 공자는 오십이 되어서 비로소 천명을 알았다. 숙명을 극복하고 운명을 씩씩하게 개척하던 중에 오십 살에 이르러 '아~ 하늘의 뜻이 이것이구나!'라는 사실을 깨달았다는 뜻이다. 공자가 30년~40년 동안 계속 흐트러짐 없이 본래의 입지를 밀고 나가니까 알게 되었다는 뜻이다.

60살, 耳順이순

耳(귀 이)와 順(순할 순)은 귀가 순해졌다는 뜻이다. 귀가 예민하지 않고 순해져서 누가 웬만큼 나를 험담하고 욕해도 전혀 마음의 동요가 없고 모든 말을 선입견 없이 객관적으로 이해할 수 있는 나이를 뜻한다.

70살, 從心종심

공자는 '70이 되니까 마음대로 해도 정도를 넘지 않는다'라는 말을 남겼다. 하고 싶은 대로 하고 살아도 도를 넘지 않으니 거의 신선의 경지에 달한 셈이다.

이를 '從心所欲 不踰矩(종심소욕 불유구)'라고 한다. '종심'은 마음을 따른다는 뜻이다. 즉 내가 맘대로 하고 싶은 그 마음을 그대로 따라가는 것이 '종심소욕'이다. '불유구'란 不(아닐 불), 踰 (넘을 유), 矩(곱자 구), 즉 넘치지 않는다는 의미다. (여기서 곱자는 목수들이 직각을 맞추기 위해 쓰는 직각자, 즉 하나의 기준을 의미한다.)

마음이 내키는 대로 행동해도 기준을 넘지 않고 딱딱 맞아떨어졌다는 뜻이다.

15살로 시작해서 10년을 넘길 때마다 한 문장으로 쭉 정리해 놓은 공자의 한 줄 자서전은 공자만의 특수한 이력서가 아니다.

공자의 자서전은 후세인들의 큰 공감을 얻었다. 우리는 종종 내 나이를 얘기할 때, 공자의 이력을 대신 말한다. 불혹의 나이니, 지천명이니, 이순이니 하는 그런 표현을 쓴다. 은연중에 공자의 일대기를 삶의 기준으로 잡는 셈이다. 40이 넘어 사소한 유혹에 흔들리면 '불혹의 나이에 그 모양이냐?' 핀잔을 듣는다.

이 때문에 공자의 삶은 하나의 샘플이 되었다. 인간이 어떻게 살아가야 하는지, 삶이라는 긴 여정 속에서 시기별로 어떤 가치를 추구해야 하는지, 전형적인 목표를 제시했다. 공자를 통해서 인생이 추구해야 할 목표를 삼게 된 것이다. 공자의 한 줄 자서전은 결국 우리 모두가 참고할 만한 누군가의 인생 자화상이 되었다.

9

글을 몰라도 시인이 될 수 있다
偈頌

신수 대사의 게송

身是菩提樹
신 시 보 리 수
몸은 깨달음의 나무요,

心如明鏡臺
심 여 명 경 대
마음은 밝은 거울의 받침대 같네.

時時勤拂拭
시 시 근 불 식
때때로 부지런히 털고 닦아,

勿使惹塵埃
물 사 야 진 애
티끌과 먼지 묻지 않게 하자

혜능 대사의 게송

菩提本無樹
보 리 본 무 수
깨달음에는 본래 나무가 없고,

明鏡亦非臺
명 경 역 비 대
밝은 거울 또한 받침대가 없다.

本來無一物
본 래 무 일 물
본래 한 물건도 없으니,

何處惹塵埃
하 처 야 진 애   어느 곳에 먼지가 쌓일 수 있을까.

보리수는 없다

한시의 세계를 여행하다 보면 불교의 철학과 만나지 않을 수 없다. 특히 현대 한국불교의 주류인 조계종과 그 기원이 된 偈頌게송을 살펴볼 필요가 있다.

불교에서는 붓다의 공덕이나 가르침을 칭송하거나 스스로 깨달은 진리를 담은 漢詩한시 형태의 노래를 偈頌게송이라고 한다. 여기서 偈게란 산스크리트어 가타(gāthā)를 音譯음역한 偈陀게타의 약칭이다. 여기에 칭송하다는 뜻의 頌송이라는 글자를 합하여 게송이라는 단어가 만들어졌다. 즉 게송은 범어와 한자어가 합성된 말이다.

스무 글자밖에 안 되는 이 두 개의 시는 불교의 핵심을 간파하고 있다. 특히 혜능의 시에 나오는 '본래무일물'이라는 구절은 불교철학의 핵심 대목이라고 할 수 있다.

발음으로만 존재하는 나무

신수 스님의 게송 1행에 나오는 菩提보리는 지혜라는 뜻의 인도 말 Bodhi를 최대한 중국식으로 발음하기 위해 음역한 것이다. 흔히 "부처님이 보리수 아래에서 깨달음을 얻었다"라고 하는데 여기서 '보리수'라는 나무는 실제로 존재하는 나무가 아니다. 즉 Bodhi와 Tree 나무를 합쳐 지혜의 나무라는 뜻을 전하기 위해 菩提樹보리수라고 번역한 것이다.

여기서 보리는 중국 발음으로 Bodhi와 가장 가까운 표기인 菩提보제가 한국어로 다시 넘어오는 과정에서 '보리'로 발음하게 된다. 요컨대 보리수는 인간의 머릿속에 '발음'으로만 존재하는 나무이다.

조계종의 시작

혜능 대사의 게송은 불교의 한 종파인 '조계종의 기원'과 깊은 연관이 있다. 조계종의 시조8가 바로 慧能혜능(638년~713년)이기 때문이다. 혜능은 선종에 가장 큰 영향을 미친 당나라 시대의 선승이다.

신수 스님의 게송과 혜능 스님의 게송이 함께 알려지게 된 배경에는 한 편의 드라마 같은 극적인 스토리가 전해진다.

혜능은 중국의 최남단인 광동에 살았다. 광동 지역은 당시까지만 해

---

8 조계종은 21세기 현재에도 한국 불교의 주류이다. 우리나라 조계종의 본사가 우리에게 익숙한 종로의 '조계사'다. 조계종이라는 이름은 당나라의 측천무후 시절 활동했던 혜능 스님이 가르침을 베풀던 곳이 조계산이었기 때문에 여기서 비롯된 이름이다.

도 수도에서 이역만리 떨어진 변방에 불과했다. 우리나라로 치면 땅 끝 마을, 어느 바닷가쯤 되는 완전 변방의 시골에 살았던 셈이다.

혜능의 어린 시절은 불우했다. 3살 때 아버지가 돌아가시는 바람에 집안은 찢어지게 가난했고, 그는 어린 시절부터 땔나무를 팔아 홀로 계신 어머니를 봉양해야 했다. 당연히 학교는 다닐 수도 없어 평생 글자를 모르는 까막눈(문맹)으로 살았다.

그렇게 어머니와 근근이 살고 있던 스물네 살의 어느 날, 나무를 사러 온 어느 손님과 대화하던 중에 불교의 가르침 한마디가 혜능의 귀에 꽂혔다.

"應無所住 而生其心 (응무소주 이생기심)"
(應 응할 응. 無 없을 무. 所 바 소. 住 머무를 주. 而 접속사 이. 生 일으킬 생. 其 그 기. 心 마음 심)

이는 매사에 아무런 집착 없는 마음으로 세상 만물을 대하라는 뜻이다. 우리는 마음속에 항상 착함과 악함[善惡], 옳고 그름[是非], 좋음과 싫음[好惡] 등 어떤 가치관을 담아두고 있다가 눈앞의 일들에 대해 자기 생각을 적용해 바라보는데 익숙해져 있다. 그러다보니 항상 선입견과 고정관념에 묶인 상태로 사물을 이해하게 된다.

하지만, 불교는 모든 것을 내려놓고 무엇에도 얽매이지 않는 열린 마음으로 삼라만상에 상응하라는 가르침을 준다.

이 말에 큰 영감을 받은 혜능은 곧바로 어디에 나오는 글귀인지 물었다. 나무를 사는 손님이 말하길 "불경, 그중에서도 금강경의 한 구절이다"라고 답했다. (조계종의 所依經典소의경전이 금강경이다.)

그 순간 혜능의 인생이 바뀌었다. 금강경을 제대로 배워야겠다고 결심했기 때문이다. 한 줄의 글귀에 꽂혀 금강경을 파고 들기로 결심한 스물네 살의 혜능은 당시 금강경의 대가로 꼽히던 홍인弘忍 대사를 물어 물어 찾아갔다.

홍인 대사는 그 당시 東禪寺동선사에서 많은 제자들을 거느리고 있던 큰 스님이었다. 혜능이 홍인 대사를 만나 "불법을 배우고 싶어 찾아왔다"라고 하니 홍인 대사가 물었다.

"너는 어떤 사람이냐?"

"저는 광동의 가난한 나무꾼입니다. 금강경을 배우고 싶어 찾아왔습니다."

그러자 홍인 대사가 갑자기 혜능을 꾸짖으며 말했다.

"그렇다면 너는 남방의 오랑캐인데, 어떻게 부처가 될 수 있겠느냐?"

그러자 혜능의 답변이 일품이었다.

"제가 비록 출신은 오랑캐이지만 불성에 무슨 오랑캐가 있습니까?"

홍인 대사는 혜능의 대답이 대차기도 하고 범상치가 않았다.

"너는 오늘부터 부엌에 들어가 방아를 찧어라."

정식 스님이 되기 전 방앗간에서 나락을 찧는 '행자'로 혜능을 받아준 것이다. 그렇게 혜능은 절에서 방아 찧는 일을 8달이나 계속했다. 그 시간 동안 홍인 대사는 혜능을 특별히 챙겨주거나 무엇을 가르쳐 주지도 않았다.

그러던 어느 날, 하루는 홍인 대사가 제자들을 다 불러 모아, 게송을 제대로 지어오는 사람을 후계자로 정하겠다고 선언했다.

"내가 지금까지 가르친 핵심을 간명한 시로 표현하라."

처음엔 아무도 시를 써서 내는 사람이 없었지만, 어느 날 아침, 벽에 시한 수가 붙었다. 그 시가 바로 위에 소개된 神秀신수 스님의 게송이다.

그 당시 신수 스님은 홍인 대사의 자타공인 수제자 격이었다. 신수 스님의 게송이 올라오자, 제자들 사이에서 '신수 스님이 수제자가 맞다. 핵심을 잘 정리했다'라는 평판이 돌았다.

홍인 대사 역시 제자들에게 신수 스님의 시를 외우라고 했다. 방아만 찧던 혜능도 신수의 게송을 외웠다. 그런데 며칠 뒤 혜능이 글자를 아는 사형에게 특이한 부탁을 했다.

"나도 시가 하나 생각나는데 내가 글을 모르니 대신 좀 써주시오."

이렇게 해서 나온 것이 위에 두 번째로 소개된 혜능의 게송이다. 혜능의 시가 발표되자 분위기가 싸늘해졌다. 글자도 모르는 혜능의 시가 신수의 게송보다 더 탁월했기 때문이다.

혜능의 시가 나붙은 다음, 홍인 대사는 방아를 찧고 있던 혜능을 직접 찾아왔다. 그러더니 지팡이를 땅땅땅 세 번 두드렸다. 혜능은 그 모습을 보고 '三更삼경(23시~01시)에 찾아오라는 뜻이구나!'라고 이해했다.

홍인 대사 생각에는 제자 중 나이도 제일 어리고 글자도 모르는 혜능을 후계자로 삼겠다 발표하면 한바탕 난리가 날 것 같으니, 야심한 밤에 조용히 찾아오게 한 것이었다.

결국 혜능은 삼경에 홍인 대사를 만났고, 대사는 혜능에게 금강경을 설해주었다. 그리고 홍인 대사는 혜능 스님에게 후계자라는 징표를 주고자 했다. 여기서 '衣鉢의발을 전수한다'라는 말이 나온다. 큰스님이 후계자를 정할 때 자신의 후계자임을 증명하기 위한 징표로 스승이 입던 옷과 유일한 재산인 밥그릇을 넘겨주는 행위가 바로 '의발을 전수'하는 일이다.

의발을 전수한 홍인 대사는 절에 온 지 8달밖에 안 된 문맹의 혜능을 후계자로 지목한 것이 알려지면 나머지 사람들이 시기하고 질투하여 그를 해칠 가능성이 분명하므로, 절을 떠나도록 했다.

그렇게 한밤중에 떠나는 혜능을 홍인 대사는 몸소 배웅하며 "남쪽으로 가서 3년 동안은 법을 펴지 말라"고 했다.

얼마 후 홍인이 혜능에게 의발을 전수한 사실이 알려지자, 실제로 수백 명이 혜능의 뒤를 쫓았다. 그들은 모두 혜능을 해치고 스승의 의발을 빼앗고자 했다. 이 때문에 혜능은 남방으로 도망가서 16년을 숨어 지냈다고 한다.

하지만 혜능의 나이가 39세에 이르자 본격적으로 불법을 설파할 시기가 되었다고 판단, 본격적인 유랑을 시작했다. 혜능은 남방의 廣州광주 법성사에서 印宗法師인종법사가 하는 법회에 참석했다.

그때 마침 바람이 불어 깃발이 움직였다. 그러자 누군가가 "바람이 불어 깃발이 움직인다"라고 했고, 또 다른 사람은 "바람이 움직인 게 아니고 깃발이 움직인 것"이라고 해서 논란이 되었다. 이때 혜능 스님이 "바람이 움직이는 것도 아니고 깃발이 움직이는 것도 아니고 내 마음이 움직이는 것"이라고 말한다.

인종 법사는 이 말에 감동하여 혜능을 바로 알아보았다. 그가 혜능에게 누구인지를 묻자, 비로소 자기가 홍인 대사로부터 의발을 받은 내력을 얘기한다. 인종 법사는 혜능에게 절을 올리고, 혜능의 머리를 밀어주었으며, 스스로 혜능의 제자가 되어 그를 스승으로 모셨다.

이때부터 혜능 스님은 스승으로서 법을 열기 시작한다. 그 장소가 바로 조계산이다. 이듬해부터 혜능은 조계산에 보림사를 짓고 36년간 법을 펼쳤다. 보림사가 있는 마을에는 曹조씨들이 많이 살았는데, 마을 입구에 흐르는 개울의 이름이 曹溪조계였다. 혜능이 36년간 이곳에 머물자, 조계는 혜능을 상징하는 이름이 되었다.

혜능이 설법으로 유명해지자, 당나라 측천무후가 관직을 내리기도 했으나 받지 않았다. 이후 수십 년 동안 기라성 같은 많은 제자가 배출되었는데 이렇게 배출된 제자들이 기존의 주류 불교를 갈아엎고 새로 정립한 것이 선종이다. 혜능 스님은 실질적인 선종의 시조로 꼽힌다.

왜 스님뿐만 아니라 일반 민중들도 선종을 따랐을까? 드라마 같은 서사의 힘이 크다. 글자도 모르는 문맹의 스님이 그렇게 많이 배운 사람들을 모두 물리치고 위대한 스승이 될 수 있다는 스토리는 보통 사람들에게 그 어떤 논리보다도 강한 감동을 준다. 본질적인 깨달음은 번듯한 프로필로 해결될 수 있는 것이 아니며 심지어는 문맹자도 세상의 주류가 될 수 있음을 몸으로 보여준 것이다.

身 是 菩 提 樹　신 시 보 리 수
身 신　몸
是 시　이(이것), 옳다

心 如 明 鏡 臺　심 여 명 경 대
鏡 경　거울(받침대로 접었다 폈다 할 수 있는 거울)
臺 대　물건 얹을 받침대, 높고 평평한 건축물(만월대, 첨성대 등의
용법을 보면 알 수 있다.) 원래 인류의 조상은 움집의 형태로 땅을 파고
살았지만, 건축 기술이 점점 발달하며 대를 만들어 그 위에 집을 지
었다. 이렇게 흙을 다져서 높이 쌓은 걸 '대'라고 한다.

몸은 지혜의 나무이고, 마음은 거울과 같다는 뜻이다.

時 時 勤 拂 拭　시 시 근 불 식
時 時 시 시　때때로
勤 근　부지런하다
拂 불　떨치다
拭 식　닦다
勤 拂 拭 근 불 식　부지런히 털고 닦아라

拂拭불식의 두 글자 모두 옆에 손[扌]이 있다. 손으로 뭔가 한다는 뜻
임을 알 수 있다. 拂불은 손으로 잡고 먼지를 탈탈 터는 것을 말하고 拭

식은 닦는 것을 말한다. 즉 불식이란 털고 닦는 것을 의미한다.

이 단어는 현대 우리의 일상어에 그대로 남아있다. '우려를 불식시키기 위하여' 같은 용법에서, 먼지 털 듯이 의심이나 염려를 말끔하게 없앤다는 뜻으로 사용한다.

勿 使 惹 塵 埃　물 사 야 진 애
勿 물　하지마라
使 사　하여금
勿 使 물 사　~하게 하지 마라
惹 야　이끌다, 달라붙다
塵 埃 진 애　먼지와 티끌

집안에 햇살이 광선처럼 들어오면 공기 중에 떠다니는 어마어마한 진애가 보인다. 단지 우리 눈에 보이지 않을 뿐 세상은 항상 티끌과 먼지가 가득하다.

3행과 4행은 결국 시시때때로 부지런하게 털고 닦아서 먼지와 티끌이 들러붙게 하지 말라는 뜻이다. 몸과 마음을 부지런하게 불식하라는 지침이다.

혜능의 반론 혹은 반전

혜능은 글을 읽을 줄 아는 사형으로부터 신수 스님의 시를 귀로 듣고는, 그 시의 패턴을 그대로 따라서 완전히 반전시켰다. 글자를 한 자도 모르는 혜능 스님이 신수의 게송에 주어진 글자들을 순서만 조금씩 바꾸어 재배열해서 완전히 새로운 철학을 만들어 냈다.

보 리 본 무 수　菩 提 本 無 樹

이는 신수 스님의 "신시보리수"를 앞뒤로 바꿔서 반전시킨 글이다.

깨달음의 나무 따위는 존재하지 않는다는 뜻이다. 신수는 '몸은 지혜의 나무다.'라고 했지만, 혜능은 '지혜에는 본래 나무가 없다'라고 반론을 편 셈이다.

明 鏡 亦 非 臺　명 경 역 비 대
亦 역　또
非 비　아니다, 없다

이 글귀 역시 신수 스님의 "심여명경대"를 반전시킨 글귀다. '명경'의 위치를 엎어서 "명경역비대"로 했다. 신수는 '마음은 밝은 거울 같다'라고 했지만, 혜능은 '밝은 거울도 역시 대가 없다'라고 말한다.

1행과 2행은 몸이 보리수이고 마음이 명경대라는 고정관념을 초월해

불교의 핵심인 空공사상을 담고 있다. 수행의 목표로 삼은 보리수와 명경대조차 집착하지 말자는 얘기다.

本來無一物 본래무일물

이 시의 핵심 구절이자 불교사상의 핵심이다. 여기서 一物일물이란 어떤 고정된 물건이라는 의미인데 '무일물'이란 그런 한 물건이 없다는 뜻이 된다.

세상 일체가 空공하니 本來無一物본래무일물일 수밖에 없다. 실체가 있는 것은 하나도 없다. 모든 존재하는 것은 인연에 의해서 생겨났기 때문이다.

何處惹塵埃 하처야진애
何處 하처 어느 곳

4행은 신수 스님에 대한 반론의 결말이다. 먼지가 낀다는 것은 번뇌에 오염된다는 의미이지만 세상엔 그 무엇도 없기에 애당초 번뇌에 오염될 것조차 없다. 본래 一物일물이란 없는데, 먼지와 티끌이 들러붙을 데가 어디 있겠냐는 반문으로 치명적인 결말을 정리한 것이다.

요컨대 1행과 2행에서는 보리수나 명경대마저도 허상임을 말하고, 3행과 4행에서는 아예 본래무일물인데 어떻게 세속의 먼지가 더럽히고 말고 할 것이 있느냐고 마침표를 찍어 버린 셈이다.

신수와 혜능

　신수 스님의 시는 마음에 먼지가 쌓이지 않도록 스스로 부지런히 갈고 닦으라는 메시지를 담고 있다. 상식적으로 이해하기 어렵지 않다. 우리가 감각적으로 알고 있는 '유형의 세계'에서 주체인 우리 자신의 심신을 어떻게 갈고 닦을 것인가라는 문제다.

　하지만 이는 어떤 '실체'를 전제로 한 말이다. 불교가 전하고자 하는 핵심적 가르침은 공(空)사상에 있다. 金剛經금강경에는 "모든 상이 있는 것은 다 허망하니, 모든 상이 있는 것이 '상이 아님'을 알면 여래를 볼 것이다(凡所有相 皆是虛妄 若見諸相非相 卽見如來)"라는 말이 있다. 여기서 여래를 본다는 것은 부처가 깨달은 것을 나도 깨닫는다는 뜻이다. 즉 삼라만상이 空공인 것을 깨닫자는 말이다.

　우리가 매일 눈에 보는 이 세계의 근저에 대한 궁극적인 물음을 떠올려 본다면 내가 있다고 생각하는 이 모든 것이 다 허망하다. 나의 몸뚱이는 물론 나의 마음, 그조차 무일물이다.

　혜능 스님 역시 이러한 공사상에 입각한 접근이다. 혜능 스님의 시는 신수 스님의 시에 쓰인 글자들을 조금씩 배치만 바꿔서 다시 만들었지만, 그의 생각은 신수 스님과 완전히 달랐다. 본래무일물이 그의 철학이다. 일물 자체가 없는데 먼지나 티끌이 앉을 자리가 있겠는가? 이 생각의 경지까지 가는 게 궁극적인 깨달음이다.

과연 '나'는 존재하는가?

우리는 일상에서 '나'라는 존재를 당연하게 받아들이기 때문에, 늘 나를 애지중지 가꾸느라 괴로워한다.

하지만 그 '나'라는 것은 과연 존재하는 것일까? 알고 보면 내가 당연하게 여겨왔던 '나'는 고정적인 존재가 아니다. 이를 無我무아 사상이라고 한다.

왜 분명 내가 있는데 불교에서는 내가 없다[無我]고 말할까? 가만 생각해 보자. 일단 나의 욕망 자체가 애당초 내가 부여한 것이 아니다. 나의 행동을 지휘하는 것은 결국 나의 욕망이지만, 알고 보면 그 욕구도 내가 부여한 것이 아니란 얘기다. 나는 인간으로 태어났기에 배가 고픈 것이고, 먹고 싶은 것이다. 내가 남자 혹은 여자를 좋아하는 이유도 따지고 보면 내가 여자 혹은 남자로 태어났기 때문이다. 나를 지배하는 나의 욕망이란 것 중에 애초에 내가 부여한 욕망이란 하나도 없다. 단지 내가 그렇게 태어났기 때문에 설정된 욕망일 뿐이다.

더구나 나는 전체와 연결되어 있다. 그리고 전체로부터 배제되면 살 수가 없다. 인간이 '집단 무의식'의 지배를 받는 이유는 이 때문이다. 내가 '나의 명령'이라고 생각해서 행동하는 것도 알고 보면 '전체'의 움직임에 종속된 어떤 행위일 가능성이 높다.

그것뿐만 아니라 나는 끊임없이 변한다. 즉 고정된 불변의 주체로서 나는 존재하지 않는다. 생각도 변하고 욕망도 변하고 몸도 변한다. 매일매일 변하고 매 순간 변하는 존재인데 과연 어느 시점의 내가 진정 나라는 것인가?

결국 나라는 존재의 실체란 무수히 많은 원인과 조건이 결합하고 상호작용해서 끊임없이 모습을 달리하면서 이어져가는 것에 불과하다. 이를 불교에서는 '인연'이라 부른다. 즉 연의 사슬에 의해서 존재하고 움직일 뿐, 실제로 고정적이고 영원불변한 주체로서의 나는 없다.

지극히 당연하다고 전제하던 것들도 생각의 벽을 한 칸만 넘어가서 생각해 보면 사실은 고정된 실체가 아니다. 본래 이 몸도 내가 만들고 싶어 만든 것이 아니다. 내가 이 나라에서, 우리 부모님의 자식으로, 이런 얼굴을 갖고 태어나고 싶어 태어난 것이 아니다.

무아사상은 이렇듯 고정적이며 불변하는 실체는 없다고 생각한다. 모든 존재는 因緣인연에 의해 생성했다가 인연이 다하면 소멸하는 변화의 진행형일 뿐이다.

괴로움과 번뇌의 기원

그렇다면 인간의 괴로움은 어디서 비롯되는가. 마치 고정불변하는 내가 있다는 착각에서 모든 불행이 시작된다. '나'란 존재를 너무나 당연히 받아들이기 때문에 때론 내가 나를 미칠 듯이 좋아하며, 행여나 없어질까 공연한 걱정이 넘친다. 이렇게 어리석은 눈으로 '나'를 계속 유지하려 하기에 욕심도 발생한다.

우리가 갖고 있는 마음의 병이란 따지고 보면 내가 그리는 '아我'에 대한 집착 때문이다. 나는 있지도 않은데 이를 사랑하고 상처받고 착각하고 또 그 상처를 치유한답시고 혼자 망상에 빠져 들떴다가 차분해지는 일을 반복한다.

따라서 무아에 대한 인식을 확실하게 하는 것이 진정한 깨달음의 시작이다. 깨닫게 되면 자유로워진다. 벗어난다, 즉 해탈한다는 것은 이런 맥락에서 나온 불교식 표현이다. 애지중지하던 것들을 탈탈 털어버리는 순간 나는 자유인으로 다시 태어난다. 이것이 '응무소주 이생기심'이다. 내 마음이 머무는 바는 결국 '나'라고 하는 것에 대한 집착이다. 이를 벗어나서 마음을 비워내야 우주적 마음, 즉 하늘과 같은 마음이 된다.

四煩惱 사번뇌

나란 존재가 어떻게 나를 괴롭히는지, 불교는 매우 체계적으로 설명하고 있다. 그중에 대표적인 개념이 이른바 四煩惱사번뇌에 대한 이론이다. 사번뇌란 我癡아치, 我見아견, 我慢아만, 我愛아애를 말한다.

먼저 我痴아치는 나라는 고정불변의 존재가 실제로 있다고 생각하는 어리석음이다. 대부분 '나란 존재'를 극히 당연히 전제하지만, 이런 생각 자체가 중대한 어리석음의 원천이다. 我아는 일종의 허상 즉 我相아상에 불과하다.

인간의 어리석음은 我相아상에 갇혀 있음에서 시작된다. 더군다나 인간은 자신이 어리석다는 사실 자체를 모른다. 그래서 깨달음의 시작은 자기 자신이 어리석기 짝이 없음을 통렬하게 인식하는 것이다.

어리석음이 자꾸 반복되면서 습관화되고 견고해진다. 그래서 발생하는 것이 我見아견이다. 見견은 본다는 뜻이므로, 모두 '我痴아치'의 눈으로 보는 것이 아견이다. 모든 걸 내 중심으로 본다는 뜻이다. 모든 현상을 내 눈으로 보기 시작하면 결국 나중에는 고집만 남게 되고 매사에 '내가 맞고 네가 틀렸어!'라고 생각한다.

'아견'이 생긴다는 것은 매사를 나의 이익[利]과 손해[害]로 구분해서 바라봄을 의미한다. '아치'와 '아견'이 습성화되면 모든 일을 나의 손해와 이익으로 갈라서 판단하게 된다. 또 快쾌와 不快불쾌, 즉 내가 즐거운지 즐겁지 않은지를 따진다. 이는 아예 잠재의식에서 작동한다. 이게 내가 못 깨닫는 이유다.

세 번째로 한 걸음 더 나가면 '我慢아만'이 된다. 사람들은 겉으로는 겸손한 척하지만, 속으론 자만심을 갖고 있다. 아무리 어리석어 보이는 사람도 잠재된 심리의 내면에는 세상의 중심이 자기라는 생각이 존재한다. 내가 제일 잘났다는 나 혼자만의 우쭐한 감정이 있다.

누군가와 비교당할 때 인간이 괴로움을 느끼는 이유도 아만 때문이다. '나는 잘났다'라는 전제가 타인과의 비교를 통해 처절하게 파괴되니 괴로움이 밀려오는 것이다. 남이 잘난 척하면 꼴 보기 싫고, 시기 질투하는 이유도 이런 마음에서 파생된 것이다.

마지막엔 결국 我愛아애의 경지에 이른다. 이렇게 잘난 내가 스스로 사랑스러워 죽겠다. 그리스 신화에도 물에 비친 자기 모습을 보고 사랑해서 빠져 죽는 나르시스가 나온다. 아애는 我貪아탐을 의미한다. 즉 환영의 자아에 대해 깊이 빠져서 열중하여 즐기는 상태이다.

인생의 아픔은 모두 어리석음에서 비롯된 일이다. 세상의 모든 문제는 있지도 않은 '나'에 집착하기 때문이다. 실체가 없는 나를 자꾸 부둥켜안고 미쳐서 좋아 죽을 듯이 그렇게 붙들고 살아가고 있는 존재에 불과할 뿐인데 이에 집착하다 보니 아픔과 괴로움을 피할 수 없다.

글을 모르는 시인-혜능

시인이 좁쌀 같은 시야를 갖고 시를 지으면 읽는 이도 답답함이 느껴진다. 이 시는 너무나 간단하지만, 심층의 궁극적인 철학을 품고 있다. 근본적으로 '작은 나를 극복하라'는 메시지가 담겨있다. 글을 모르는 시인, 혜능의 깊은 사색에서 비롯된 웅장한 세계관이 사람들에게 한 줄기 깨달음과 울림을 주는 이유는 이 때문이다.

이 세상에 보리수나무 같은 존재는 없다. 심지어는 내 인생의 최대 전제 조건인 나의 존재조차 '있다'고 말할 수 없다. 그러니 글을 몰라도 시를 쓸 수 있다. 다른 사람이 엮어 놓은 글자들을 그냥 배열만 조금 바꿔도 더 기막힌 시를 지을 수 있다.

10

나는 천국을 바라지 않는다
我不樂生天

我 不 樂 生 天
아 불 요 생 천

我 不 樂 生 天
아 불 요 생 천

난 하늘나라에 태어나길 바라지 않는다.

亦 不 愛 福 田
역 불 애 복 전

복을 짓는것도 좋아하지 않는다.

飢 來 一 缽 飯
기 래 일 발 반

배고프면 한 그릇 밥을 먹고

困 來 展 脚 眠
곤 래 전 각 면

피곤하면 발 뻗고 잠을 잘 뿐이다.

愚 人 以 爲 笑
우 인 이 위 소

어리석은 사람은 이를 보고 웃어버리고

智 者 謂 之 然
지 자 위 지 연

지혜로운 사람은 그렇다고 말한다.

非 愚 亦 非 智
비 우 역 비 지

어리석은 것도 지혜로운 것도 아니고

不 是 玄 中 玄
불 시 현 중 현

현묘한 경지를 말하는 것도 아닌데~

동서고금을 막론하고 인간의 기본적인 욕망은 다르지 않다. 보통 사람들은 현세에서 부귀영화를 누리고, 죽어서는 천국에 다시 태어나는 극락왕생을 소망한다. 이 때문에 사람들은 종교를 믿는다. 생사를 넘어 다니며 낙원에서 살고 싶은 사람의 심리 때문에 많은 종교에서 失樂園 실낙원(Paradise Lost)에 관한 서사가 등장한다.

　하지만 낙원이라는 이상향조차 얽매이지 않는 존재라야 비로소 진정한 자유인이 된다. 이 시를 지은 시인이 바로 그렇다. 시인 왕범지는 아예 천국을 원하지 않는다고 공개적으로 선언한다. 많은 사람이 하늘나라를 간절히 바라는데 나는 천당에 태어나기를 바라지 않는다니 대체 어떤 인생관일까?

　시인은 천국을 바라지도 않고, 복이 굴러 떨어지는 것도 원치 않는다. 단지 "배고프면 밥 한 그릇 먹으면 되고, 피곤하면 발 뻗고 자면 된다"라고 말한다.

　〈아불요생천〉을 처음 접했던 젊은 시절, 나는 시를 이해할 수 없었다. 하지만 지금 돌이켜 음미해 보면, 세상사는 이치를 담고 있다는 생각이 든다. 이 노래야말로 혜능 스님의 가르침을 씩씩하게 부른 노래가 아닐까. 그래서 아직까지도 많은 분들이 이 시의 단순하면서도 격조와 울림이 있는 어투를 참 좋아한다.

我 不 樂 生 天　아 불 요 생 천
樂　(악)노래 (락)즐겁다 (요)좋아하다

亦不愛福田 역불애복전

亦 역 또

福田 복 전 복 밭, 즉 복 짓는 터전

[福田복전의 의미]

'복'과 함께 '田(밭 전)'을 쓰는 이유는 복을 짓기 위한 '일'의 의미를 강조하기 위함이다. 즉 '복'은 뭔가 노력을 통해 함께 만들어 나가는 것이라는 의미를 내포한다.

불교는 복을 짓는 데 세 가지 방법이 있다고 말한다. 첫 번째는 佛·法·僧(불·법·승)을 소중히 여기는 일이다. 불·법·승은 불교에서 말하는 三寶삼보[세 가지 보물]이다. 즉 부처님[佛], 부처님의 가르침[法], 가르침을 따르고 실천하는 스님[僧]이 불교의 삼보다.

삼보에 귀의하는 행위를 통해 사람은 복을 지을 수 있다. 즉 부처님을 진심으로 믿고 부처님 말씀대로 살며 스님들을 존경하는 행위를 해서 복을 지을 수 있다.

두 번째는 가난한 자에게 布施보시하는 것이다. 힘들게 사는 분들에게 뭔가 도움을 주고 봉사하는 것이 보시다.

세 번째는 부모에게 효도하는 것이다. 모든 생명체는 마치 중력의 법칙처럼 위에서 아래로 흐르는 '내리사랑'의 양상을 보인다. 효도는 내리사랑의 법칙을 거꾸로 거스르는 일이라 실천하기가 매우 어려운 일이며 그만큼 인간사에 영원히 값어치 있는 일이다.

飢 來 一 砵 飯 기 래 일 발 반

飢 기 굶주리다

來 래 오다

來 는 내가 있는 쪽으로 오는 것을 의미한다. 반대로 往(갈 왕) 나와 멀어지는 쪽으로 가는 것이다. 未來미래는 '아닐 미(未)'를 앞에 붙여 '아직 나한테 오지 않음'을 뜻한다. 已往이왕은 '已(이미 이)'를 써서 이미 지나간 것을 의미한다.

砵 발 스님 밥그릇

飯 반 밥

一 砵 飯 일 발 반 한 그릇의 밥

탁발

스님들이 일렬로 서서 발우를 들고 집집이 돌아다니며 음식을 구하는 행위를 '탁발'이라고 한다. 태국과 미얀마는 아직도 2,500년 전 부처님이 했던 것처럼 불교의 수행의식으로 탁발을 이어가고 있다. 지금은 절이 산속 깊은 곳에 있지만, 원래의 절은 사람이 많이 모여 사는 중심지 혹은 멀지 않은 근교에 위치했다. 탁발하기 쉽도록 하기 위함이다.

원래 스님들은 11시~12시 사이에 밥을 한 끼만 먹었다. 그 전통이 남아 우리나라 절에서도 부처님께 공양을 巳時사시에 올리고 사시공양이라 부른다.

그런데 11시에 식사를 하려면 밥은 그보다 일찍 얻어야 하므로 동이 틀 때부터 스님들은 일렬로 줄지어 걷는다. 물론 지금은 보기 힘든 광경이지만, 예전엔 그렇게 줄지어 이 집 저 집 찾아다녔다.

스님들이 집을 방문하는 것도 수행법에 정해진 대로 찾아가야 한다. 밥을 빌 때 일곱 집을 넘으면 안 되고, 만약 한두 집 방문해서 자기가 먹을 양이 다 채워졌다면 중단해야 하며, 한번 방문한 집을 다시 찾으면 안 되고, 가난한 집과 부잣집을 가리지 않아야 한다.

만약 일곱 집을 돌아다녔는데도 발우가 채워지지 않았다면 탁발을 멈춰야 했는데 그 이유는 그만큼 동네 사람들이 먹을 게 부족한 상태이니 너도 같이 굶으라는 지침이었다. 간단하면서도 매우 합리적인 원칙이다.

困 來 展 脚 眠　곤 래 전 각 면

困 곤　피곤하다

展 전　펴다

脚 각　다리

眠 면　잠자다

'피곤이 몰려오면 다리를 죽~ 펴고 자지 뭐.' 이런 뉘앙스의 말이다. 3행의 '기래'와 4행의 '곤래'가 對句대구를 이룬다.

愚 人 以 爲 笑　우 인 이 위 소

愚 人 우 인　어리석은 사람

笑 소　웃다

어리석은 사람[愚人]은 이 말을 듣고 웃는다. 비웃는 자신이 어리석은 자임을 본인은 모르고.

智者謂之然　지자위지연
智者 지자　지혜로운 자
謂 위　일컫다
然 연　당연하다, 명백하다, 불타다, 밝다

지혜로운 자[智者]는 이 말을 듣고 '그렇지, 당연해'라고 말한다.

5행과 6행은 愚人우인과 智者지자를 동원해, 우인은 비웃고 지인은 인정한다는 말을 하고 있다. 이 시는 불교의 선시이지만, 노자의 도덕경에도 이와 비슷한 말이 나온다.

"상사는 도를 들으면 부지런히 이를 행하고(上士聞道 勤而行之), 중사는 도를 들으면 긴가민가하고(中士聞道 若存若亡), 하사는 도를 들으면 이를 크게 비웃으니(下士聞道 大笑之), 비웃지 않으면 도가 되기에 부족하니라(不笑 不足以爲道)."9

여기서 말하는 상사上士란 깨닫고 행하는 것이 진실한, 지조 높은 선비를 말하고, 반면 하사下士란 작은 선비, 즉 선비인 척하는 소인배를

---

9 노자, 도덕경(道德經) 41장

말한다. 이들은 틈만 나면 진리를 비웃고 혼자 잘난 척에 열중한다.

非 愚 亦 非 智   비 우 역 비 지

어리석은 것도 아니고(非愚), 또 지혜로운 것도 아니다(非智).

不 是 玄 中 玄   불 시 현 중 현
是 시 이, 이것, 옳다
不 是 이것이 아니다
玄 현 검다, 오묘하다, 깊다, 아득하다

玄(검을 현)은 활과 시위를 함께 그린 글자다. 과거에는 활을 만들 때 현의 수명을 늘리기 위해 활시위에 옻나무 진액을 발랐는데 이때 활시위의 색깔이 검은빛으로 바뀌었다. 그래서 玄현은 나중에 '검다'라는 뜻으로 쓰이게 되었다. (이 때문에 玄현이 부수로 쓰일 때는 여전히 활시위나 줄과 관련된 뜻을 갖는다)

그런데 玄현이 의미하는 것은 그냥 검은색이 아니다. 활시위에 발라진 옻나무 진액이 시간을 머금고 진해진 것이기 때문에 뭔가 깊이가 있는 검은색이 나온다. 아주 깊은 우물을 보면 맑지만 가물가물하게 보이는데 이것이 玄현이다. 훨씬 깊고 그윽함이 묻어나는 검은색이다.

따라서 '현중현玄中玄'이란 그윽하고 오묘함 속에 또 펼쳐지는 그윽함과 오묘함이다. 이렇게 현묘함 속에 더 현묘한, 현중현의 단계가 바로 도가에서 말하는 제일 그윽한 경지다. 그러니까 현중현이란 궁극의 오묘한 이치를 의미하는데 시인은 '이 조차 또한 아니다'라고 말하는 셈이다.

어리석은 사람이 보면 왜 저렇게 인생을 사느냐고 비웃고, 좀 아는 사람은 '아~ 그렇지' 하며 아는 척한다. 하지만 이 경지는 어리석은 것도 아니고 지혜로운 것도 아니며, 심지어는 현중현의 경지인 오묘한 경지도 아니라는 의미이다.

王梵志왕범지

왕범지는 당나라 시인 중에 매우 특이한 인물로 꼽힌다. 언제 태어나고 언제 죽었는지, 평생 무슨 일을 했는지, 집안 내력은 어떠한지 제대로 알려져 있지 않다.

그는 시를 쓸 때 어려운 말을 쓰지 않고, 통속적인 표현과 쉬운 말로 시를 썼다고 한다. 이러한 그의 문체를 '白話詩體백화시체'라고 하는데 글을 쓸 때 실제 말하듯 적는 口語體구어체를 의미한다. 즉 일상생활에서 우리의 입으로 발현되는 말을 문장으로 옮기는 방식이다. 이는 전통적 한시와 구별되는 문체라서 정통문학에서는 배제하기도 한다.

하지만 그의 시 세계는 인간적이면서도 생활의 숨결이 담긴 시를 주로 다루었고 불교적인 내용을 시의 소재로 삼았다. 이 때문에 왕범지는

白話詩백화시를 잘 짓는 僧侶詩人승려시인으로 평가받는다.

왕범지의 탄생과 관련된 재미있는 설화가 한편 전해진다.

隋수나라 시절 王德祖왕덕조라는 사람이 살았다. 그 집에 사과나무가 있었는데, 어느 날 나무에 혹이 나기 시작하더니 시간이 지날수록 크기가 점점 커졌다. 왕덕조가 혹을 갈라 껍질을 걷어 보니, 그 속에서 어린아이가 나왔다. 그는 이 아이를 거둬서 길렀다. 그 아이는 7살이 되어서야 말하기 시작했다.

"누가 저를 길러주셨나요? 제 성씨와 이름은 무엇인가요?"

왕덕조가 사실을 말하자 아이는 스스로 이름을 지었다.

"나무에서 태어났으니 梵天범천이군요(나중에 梵志범지로 이름을 바꿨다). 왕씨 집안에서 저를 길렀으니, 성은 왕씨로 하겠습니다."

그렇게 아이는 왕씨를 자청했다. 왕범지는 자라면서 시를 짓기 시작했는데, 그 뜻이 매우 깊어서 보살의 화신이라 불렀다.

이런 설화가 나돌 만큼 왕범지는 당대의 신비로운 인물이었다. 왕범지의 깨달음이 높은 경지에 있었던 때문일까? 그는 많은 사람이 따르는 큰 스승이 되었다고 전한다.

11

강과 산과 풀과 하늘이 모두 새롭다
船頭

船頭
선 두

兩岸綠蕪齊似翦
양 안 록 무 제 사 전

掩映雲山相向晚
엄 영 운 산 상 향 만

船頭獨立望長空
선 두 독 립 망 장 공

日豔波光逼人眼
일 염 파 광 핍 인 안

뱃머리에서

兩 절벽 우거진 풀 잘라낸 듯 고르고,

구름 가린 산 사이로 날은 저물어간다.

뱃머리에 홀로 서 먼 하늘 바라보니,

물결에 비친 고운 햇살, 사람 눈을 오그린다.

이 시는 마치 한편의 그림으로 엮은 마음속의 동영상 같다. 자동차가 없던 당나라 시절, 사람들은 이동과 운송의 수단으로 배를 많이 이용했다. 시인은 강물 위를 미끄러지듯 떠내려가는 뱃머리에 앉아서 이 시를 떠올렸다.

배는 물 위를 미끄러지듯 나아가는데 양쪽으로 깎아지른 절벽이 보인다. 계절은 봄이라 강의 양쪽 기슭에 풀이 무성하게 우거져 있고 그 사이로 바람이 불어, 마치 정원사가 가위질[翦)] 해놓은 것처럼, 풀들이 가지런하다.

때마침 해가 지려는데 시인은 뱃머리에 홀로 서서 먼 하늘을[長空] 바라본다. 저 멀리 저녁 구름에 살짝 덮인 산이 보이고 아직 떨어지지 않은 햇살이 일렁거리는 물살에 반사되어 내 눈을 오그라들게 만든다. 그렇게 시인은 해가 뉘엿뉘엿 넘어가는 강가의 여유로움과 느긋함을 편안하게 그려낸다.

늙을수록 혼자 있음을 즐길 수 있어야 한다

시인은 혼자서 배를 타고 산과 협곡을 바라보고 있지만, 쓸쓸함이나 도인 같은 고고함이 느껴지지 않는다. 그보다는 봄빛과 더불어 홀로 있는 느낌이 매우 소중하게 전해진다.

인간으로 태어난 이상 우리는 다 늙어간다. 그런데 사람은 늙어갈수록 혼자 있는 걸 즐길 수 있어야 한다. 더불어 있어도 좋지만, 나 홀로 있어도 쓸쓸하지 않고 하고 싶은 일을 즐길 수 있어야 한다. 그것이 참된 자유이기 때문이다.

그러면 어떻게 '獨(홀로 독)'을 즐길 것인가? 늘 공부하고 깨어있음이 '獨독'을 즐기는 방법이다. 홀로 있을 때 공부해야 깊이가 생긴다. 깨어

있다는 것은 감각이 살아 있음을 뜻한다. 감각이 무뎌지면 늙는다. 무뎌지고 무뎌지다 못해 궁극적으로 무뎌진 감각이 바로 죽음이다.

감각이 깨어있다는 것은 늘 호기심이 생긴다는 것이다. 감각이 살아있으면 풀 한 포기 돋아나는 그 일조차 감흥을 불러일으킨다. 익숙한 풍경들도 모두 기적으로 보인다. 봄에 풀이 오르면 '요놈 봐라' 하면서 생명의 신기함을 신비롭게 여길 수 있어야 한다.

兩 岸 綠 蕪 齊 似 翦　양 안 록 무 제 사 전

兩 량　둘, 짝

岸 안　절벽(땅이 직각으로 떨어진 모양)

綠 록　초록빛

蕪 무　무성하다, 거칠다

齊 제　가지런하다, 고르다

似 사　같다(비슷하지만 진짜는 아니라는 뜻의 似而非사이비에 쓰인다)

翦 전　자르다, 가위질하다(가지치기 때 쓰는 剪枝전지가위)

掩 映 雲 山 相 向 晚　엄 영 운 산 상 향 만

掩 엄　가리다, 막아 그늘지게 하다

映 영　비추다, 덮다

掩 映 雲 山 엄 영 운 산　구름이 산을 가리는 모습을 표현

晚 만　저물다

船頭獨立望長空 선두 독립 망 장 공

船頭 선 두 **뱃머리**

望 망 **바라다, 바라보다**(가까운 곳이 아니라 멀리 내다봄. 望遠鏡망원경)

日豔波光逼人眼 일 염 파 광 핍 인 안

豔 염 **곱다**(노을 지는 햇살의 아름다움을 표현)

波 파 **물결**

逼 핍 **핍박하다, 좁히다**

일렁이는 물결에 부딪힌 햇살이 재주를 부리며 반짝반짝하니 눈부심이라는 핍박을 받은 내 눈이 가늘게 오그라든다. 참 멋진 표현이다.

韓偓한악 (844~923)

저자인 한악은 당나라 말기에 태어나 만당시기에 활동한 시인이다. 889년 진사에 급제하여 병부시랑까지 승진하였다. 황제의 신뢰가 두터웠고 멸망 직전까지 당나라에 충절을 다하였으나 결국 나라가 망하여 좌천되었다고 한다. 이런 삶의 여정 때문인지 그의 시에는 은근히 우울한 분위기가 담겨있다.

한악은 앞의 시에서 보듯이 관능적인 정경을 표현하는 데 뛰어난 능력을 보였고, 이러한 시풍은 후세에 '香奩體향렴체'라 불렸다.

호는 옥산초인(玉山樵人)이고 저서로는 『한내한별집(韓內翰別集)』
과 『향염집(香奩集)』, 『금란밀기(金鑾密記)』 등이 있다.

이 시는 1행이 7글자로 이뤄진 4행시 즉 칠언절구이다

12

풀들은 해마다 나고 사라진다
賦得高原草送別

賦 得 高 原 草 送 別
부 득 고 원 초 송 별

離 離 原 上 草
이 리 원 상 초

무성하게 우거진 고원의 풀은

一 歲 一 枯 榮
일 세 일 고 영

해마다 나고 해마다 사라진다.

野 火 燒 不 盡
야 화 소 부 진

들불조차 다 태우지 못하고

春 風 吹 又 生
춘 풍 취 우 생

봄바람 불면 다시 돋아난다.

遠 芳 侵 古 道
원 방 침 고 도

싱그런 풀은 옛길을 덮고

晴 翠 接 荒 城
청 취 접 황 성

푸르름은 황성에 닿았는데

又 送 王 孫 去
우 송 왕 손 거

또다시 그대를 보내니

萋 萋 滿 別 情
처 처 만 별 정

무성한 풀처럼 이별의 정 가득하다.

소년 白居易백거이의 데뷔작

이 시는 중국 문학사에서 위대한 시인으로 칭송받는 백거이가 열여섯 살 때 쓴 것으로 대중에게 소개된 그의 첫 작품이다.

백거이는 과거 시험을 준비하던 열여섯 살 때 처음으로 수도인 장안에 가서, 자기가 지은 시를 테스트 받고 싶어 했다. 이때 당나라의 고위 관료이면서 최고 시인이던 顧況고황을 찾아가 보여준 시가 바로 〈부득고원초송별〉이다.

백거이를 만난 고황은 백거이의 이름을 보고 "居易(살기 쉽다)라니! 장안의 쌀값이 비싸서 살기 쉽지 않은데..."하고 처음엔 가벼이 대했다. 하지만 백거이의 시를 읽어보고는 감탄을 금치 못했다. 백거이는 이 시 덕분에 과거에 합격하기도 전에 신동이라고 소문이 나기 시작했다.

시의 내용은 이렇다. 빽빽하게 우거진 고원의 들풀은 봄에 돋아나 우거졌다가 가을이면 말라서 사라지는 한해살이 풀이다. 하지만, 들불이 일어나도 다 태우지 못하고 봄바람이 불어오면 다시 살아 돋아난다. 그렇게 새로 돋아난 싱그러운 풀이 옛길을 덮고, 푸르름이 폐허가 된 옛 성까지 닿는데 그 속에서 친구를 떠나보내니 들풀이 우거진 고원에 이별의 정도 가득하다는 내용이다.

16살 소년 백거이가 이런 시를 지었다는 사실이 그저 놀라울 따름이다.

賦 得 高 原 草 送 別　부 득 고 원 초 송 별

賦 부　부여하다

得 득　얻다

賦 得 부 득　관용구로 쓰임

高 原 草 고 원 초　고원에서 자라는 풀

시를 짓는 방식은 두 가지다. 하나는 주제를 주고 시를 짓게 하는 것이고, 또 하나는 글귀 끝에 달 '韻운'을 주고 시를 짓게 하는 방식이다. '부득'은 주제어를 주고 시를 짓게 할 때, 제목 앞에 붙이는 말이다.

'부득'이라는 표현 덕분에 우리는 백거이가 주제어를 듣고 시를 지었음을 알 수 있다. 즉 '고원초[높은 벌판에 있는 풀]'라는 시제를 받아 '송별'이라는 자기 나름의 테마를 담아서 지은 시다.

離 離 原 上 草　이 리 원 상 초

離 이　헤어지다

離 離　무성하다, 우거지다. (같은 글자를 두 번 사용하여 강조의미 담음)

봄풀이 생기를 받아 막 올라온 모양을 묘사한 것으로 풀이 매우 우거진 모양을 말한다. 부여된 주제가 '원초'였기 때문에 첫 구절에 '원상초'를 넣었다.

一 歲 一 枯 榮　일 세 일 고 영

歲 세　해, 나이, 세월

枯 고　시들다

榮 영　영화롭다

　세상 만물은 일세, 즉 한 해에 한 번씩 枯고, 榮영한다. 枯고는 시드
는 것이고, 榮영은 피어나는 것이다. 풀들은 가을이 오면 확 시들었다
가, 봄 되면 다시 피어난다.

　날은 아직 쌀쌀하지만 봄의 기운이 일어나면 이른 풀들은 그때부터
움트기 시작한다. 풀뿌리가 살아 있으면 1년 주기로 파릇파릇 올라왔
다가 가을과 겨울 되면 완전히 시들어 없어졌나 싶다. 하지만 다음 해에
봄이 돌아오면 다시 올라온다. 그렇게 한 해에 한 번씩 시들었다 피었다,
시들었다 피었다 한다. 이렇게 시들었다 피었다 하기를 한 번씩 하니 그
것이 '일세일고영'이다.

[시간을 나누는 법]

당나라 때는 하루 24시간을 12시간으로 나누는 십이진법을 썼다. 나중에 12간
지마다 각각 해당하는 동물이 붙었다. 이렇게 12간지와 동물이 연결된 것은 불
교의 전래와 함께 인도에서 들어온 12수의 영향을 받은 것으로 보이지만, 언제
부터 12간지가 동물을 의미하게 되었는지는 알 수 없다.

본래 십이간지 자체가 동물을 의미하는 것은 아니었기 때문에 실제로 십이지를
나타내는 글자의 뜻이 해당 동물과 연결되지는 않는다. 丑(소 축), 巳(뱀 사), 酉

(닭 유), 戌(개 술), 亥(돼지 해)는 글자 자체가 해당 동물의 의미를 갖지만 未미, 辰진, 寅인 등은 해당 동물과 상관이 없다.

12간지는 아직 우리 문화 곳곳에 남아있다. 子午線자오선은 지구의 남극과 북극을 최단 거리로 연결하는 세로의 선을 말하는데, 오시와 자시가 12간지의 정중앙이라서 자오선이라는 이름이 붙었다. 모든 것의 기준이 자오선이 된다. 밤 12시가 자시이고 낮 12시가 오시이므로 오시에 '正정'을 붙여서 정오라는 말로 열두 시간 중 가장 중간임을 표시했다.

하루를 '자축인묘...'의 12구간으로 구분했듯이 1년 열두 달도 똑같이 '자월, 축월, 인월...'로 이름 지었다. 자월은 음력 11월, 축월은 음력 12월, 인월은 음력 1월이다. 이렇게 해서 정월이 寅인월이 된다.

자 子	축 丑	인 寅	묘 卯	진 辰	사 巳	오 午	미 未	신 申	유 酉	술 戌	해 亥
쥐	소	호랑이	토끼	용	뱀	말	양	원숭이	닭	개	돼지

野火燒不盡　야 화 소 부 진
燒 소　불태우다
盡 진　다하다

春風吹又生　춘풍 취 우 생
吹 취　불다
又 우　또

　　3행과 4행은 '야화'와 '춘풍'으로 對句대구를 이뤘다. '소'와 '취', '부진'과 '우생'도 대구가 된다. 들불은 확 태우는 것이고, 봄바람은 살랑살랑 불어오는 것이다. 불로 벌판을 태우면 마른 풀들이 다 없어져야 한다. 그런데 다 태우기도 전에[不盡] 봄바람이 불어와서 다시 고개를 내밀고 생명력을 발한다는 뜻이다.
　　3행과 4행은 단순하지만 너무 그럴듯해서 그 당시부터 명구로 꼽혔다. 백거이의 시를 논하는 거의 모든 사람이 이 구절을 언급한다.

遠芳侵古道　원 방 침 고 도
芳 방　향기
遠芳 원 방　멀리서 은은하게 넘어오는 향기
侵 침　침투하다

　　멀리 있는 향내가 봄바람을 타고 옛길로 침투한다. 마치 코를 뚫고 들어오듯 하니 '侵침'이라 표현했다. 시를 음미하다 보면 향기가 내 앞에서 나는 것처럼 뭔가 내음이 살아있는 싱싱한 느낌이 든다. 향내가 바람에 실려 웨이브를 타고 조금씩 내게 다가오는 기분이다.

晴 翠 接 荒 城　청 취 접 황 성

翠 취　비취색

接 접　붙다

荒 황　거칠다, 황량하다

荒 城 황 성　황폐해진 성

晴翠청취는 백거이가 봄풀의 연한 녹색을 묘사하는 방식이다. 청색이나 녹색이 아닌, 翡翠비취 빛깔로 표현했다. '신록예찬'의 新綠신록과 같다. 청취는 눈으로 보는 것이라, 붙어있다는 뜻으로 '接접'이라 표현했다. 카메라 줌인 하듯이 시상을 계속 끌어당겨서 끝내 그 파릇파릇함을 내 눈앞에 딱 붙이다시피 했다.

5행과 6행은 '원방'과 '청취'로 對句대구를 이뤘다. 보통은 눈에 보이는 색과 귀에 들리는 소리를 대비하는데, 여기서는 소리가 아니고 향내와 색을 대비했다. 내 눈으로 보고, 내 코로 냄새 맡는 듯한 분위기를 자아내며 최대한 감각기관의 맛을 살려 표현했다.

又 送 王 孫 去　우 송 왕 손 거

送 송　보내다

又 送 우 송　또 그대를 보낸다

去 거　가다 (여기서는 왕손을 보낸다는 뜻으로 쓰였다)

王孫왕손이란 원래 '왕의 손자'라는 뜻이지만, 보통 사람에게도 많이 쓰인다. 종종 연배가 있는 분이 손아래 젊은이를 존중해서 칭할 때 'oo 君'이라 부르듯이, 왕손 또한 친구를 귀하게 여기는 뜻으로 종종 사용한다.

萋 萋 滿 別 情 처 처 만 별 정
萋 萋 풀이 무성하게 우거지다(1행의 '이리'와 같은 뜻이나 중복을
　　　　피해 사용)
滿 만 가득차다
別 별 이별하다

정말로 헤어지기 싫은 왕손, 그대와 이별하려니 곳곳에 무성하게 우거진 저 풀들만큼이나 이별의 정이 가득하다.

이 시는 16살 소년이 지은 시라고는 믿기지 않을 정도로 인생의 노숙함이 느껴진다. 시들었다 다시 태어나기를 한 해도 거르지 않고 반복하는 대자연의 순환에서 영감을 얻어 친구와의 이별의 정으로 연결한 시적 재능에 감탄하지 않을 수 없다.

이 시를 본 顧況고황 역시 소년의 솜씨에 크게 탄복한 나머지 "너 앞으로 장안에서 잘 살겠다" 했다고 한다. 당연히 백거이는 과거에 합격했다.

비파행의 전설

백거이에게 따라다니는 전설과 같은 이야기가 하나 있다. '비파행'이라는 백거이의 장편시에 얽힌 이야기이다. 〈琵琶行비파행〉은 한 유랑 歌女가녀의 한 많은 인생을 슬픈 곡조로 묘사한 수작이다.

백거이는 성품이 강직해 황제에게도 직언을 자주 했고 결국 시골 군수로 좌천되었다. 하루는 오랜 친구가 백거이가 있는 오지까지 찾아왔다. 두 사람은 한참을 같이 있다가 이윽고 헤어질 시간이 되었다. 쓸쓸한 가을, 달이 휘영청 떠 있는 강가에서 친구를 보내려 하는데 갑자기 어디선가 비파의 독주 소리가 울려 퍼진다.

처음에는 은은하게 켜는 듯하더니 흥이 오르면서 곡조가 점점 빨라지는 듯 하더니 갑자기 푹 가라앉았다가 다시 격렬해지기를 오락가락 반복했다. 그 비파 소리를 가만 듣고 있자니 점점 음악 소리에 취하는 듯했다.

지방관으로 좌천되어 있던 백거이로서는 접하기 쉽지 않은 고급스러운 연주자의 리듬 소리였다. 특히 백거이는 음악에 귀가 밝아 기막힌 연주임을 알아채고, 송별을 포기한 채 연주자를 찾아 나선다. 마침내 연주자를 찾아낸 백거이는 술을 더 가져오게 하고 연회를 열어 비파를 다시금 청한다.

사연을 들어보니, 비파를 연주한 주인공은 원래 장안의 여자였다. 어린 시절부터 비파를 배운 그녀는 뛰어난 실력으로 뭇 남자들로부터 많은 사랑을 받고 행복한 시간을 보냈다. 하지만, 그녀도 세월은 이길 수 없었다. 나이 드니 손님이 점점 끊기어 나중엔 돈 많은 상인의 아내가 되었다. 상인이라 집에 있는 시간이 별로 없이 밖으로 돌아다니니까, 이 여자도 홀로 밤에 나와 자신의 흘러간 젊은 시절을 되돌아보며 쓸쓸함을 달랠 길 없어 비파를 켠 상황이었다.

사연을 다 들은 백거이는 "이곳은 시골이라 제대로 된 음악 소리를 듣지 못하다가 오늘 밤 당신의 비파 연주를 듣고 신선의 음악을 들은 듯 귀가 맑아졌다. 자네나 나나 하늘 끝까지 밀려 내려온 天涯淪落人천애윤락인이라 신세가 같다. 우리는 다 같이 하늘가를 떠도는 사람인데 초면인들 그게 무슨 상관이냐."라고 말한다.

白居易백거이

백거이는 당나라 중기의 위대한 시인이다. 어느 관료의 가문에서 태어났는데, 아홉 살 때부터 이미 복잡한 율시를 쓸 줄 알았다고 한다.

백거이는 스물여덟 살 때부터 10년 동안 세 번이나 과거에 합격했고 40여 년 동안 벼슬을 했지만, 관료 생활은 평탄치 못했다. 지방관을 전전하거나 중간에 사직하고 좌천되기도 했다.

시인 백거이와 '정치'는 잘 어울릴 수 없었다. 백거이는 백성의 삶에 관심이 많았다. 고통스럽게 살아가는 밑바닥 백성들을 동정하고 탐관오리를 질타했다. 자신은 평생 청빈한 생활을 하며 비판 정신을 잃지 않았다.

백거이는 심지어 황제인 당 현종의 방탕한 생활을 비난했으며 양귀비를 '후궁의 미인은 삼천이 넘었지만 삼천의 총애를 그녀 혼자 받았네'라고 풍자하기도 했다.

백거이는 나중에 중앙관직으로 복귀했으나 정치 싸움에 혐오를 느낀 나머지 아예 벼슬을 버리고 조용한 절간에서 승려들과 함께 시를 지으며 살았다. 이때 자신을 '향산거사'라 하면서 모든 열정을 시 창작에 집중했다. 평생 그는 수천 편의 시를 지었다.

『전당시』에 수록된 약 5만 수의 시 가운데 백거이의 작품이 3천 여 수로 가장 많다. 아마 전해지지 않은 작품까지 치면 실로 엄청난 시를 썼다고 할 수 있다.

심지어는 신라 상인들이 당나라 장안에 와서 백거이의 시가 적힌 비단을 사재기했다는 기록이 있을 만큼 백거이의 시는 한반도에서도 큰 인기가 있었다.

한 행이 5글자로 이루어져서 오언이고, 8행이니까 율시, 즉 오언율시다. 율시는 규칙이 엄격하다. 2-4-6-8 행의 마지막 글자로 각운을 맞춰야 한다. 이 시 역시 '영-생-성-정'으로 라임을 맞추었다. 우리 발음으로는 '어'와 '애'가 다르지만, 중국 발음으로는 같다.

13

이백이 낙방해서 다행이다
曉晴

曉 晴 효 청	맑게 개인 새벽
野 涼 疏 雨 歇 야 량 소 우 헐	쌀쌀한 들판 오락가락하던 비 멈추니
春 色 遍 萋 萋 춘 색 편 처 처	봄빛 곳곳마다 무성하여라.
魚 躍 靑 池 滿 어 약 청 지 만	물고기 푸른 못 가득히 뛰놀고
鶯 吟 綠 樹 低 앵 음 록 수 저	꾀꼬리 푸른 나무 밑에서 노래하네.
野 花 妝 面 濕 야 화 장 면 습	들꽃은 얼굴에 화장하고
山 草 紐 斜 齊 산 초 뉴 사 제	산속의 풀은 비스듬히 늘어서
零 落 殘 雪 片 영 락 잔 설 편	떨어지는 잔설 조각
風 吹 掛 竹 溪 풍 취 괘 죽 계	바람이 불어와 죽계에 걸어두네

이 시는 자연을 있는 그대로 청각의 미학을 잘 담아 표현하고 있다. 제목이 말해주듯 시를 쓴 시간은 새벽이다. 막 비가 갠 후의 벌판이라 날씨는 쌀쌀하다. 비까지 흩뿌린다. 주룩주룩 오는 비가 아니고, 내렸다 그치기를 반복하는 비다. 이렇게 성기게 오는 비를 疏雨소우라고 한다.

그렇게 오락가락하던 비가 비로소 그치자, 시인의 눈에 봄빛이 보인다. 곳곳에 솟아나는 파릇파릇한 풀들에 풍부하게 맺힌 봄의 빛깔이 사방에 퍼져 간다. 물고기는 연못에서 뛰놀고, 꾀꼬리는 푸른 나무 밑에서 노래한다. 산골짜기의 계곡물은 바위와 자갈돌에 부딪혀 마치 비파 소리처럼 아름다운 소리를 내고, 소나무 사이로 지나가는 바람이 솔잎을 스치며 내는 소리는 거문고 소리처럼 들린다.

이백은 이렇게 시의 기본을 짰다.

曉晴 효 청
曉 효 새벽
晴 청 개다, 맑다

비가 왔다 다시 해가 뜨는 상황.

'갠다'라는 것은 비가 왔다는 것을 전제로 한다. 시간은 비가 온 뒤의 새벽이다.

野 涼 疏 雨 歇 야 량 소 우 헐

涼 량 서늘하다

疏 소 트이다, 소통하다

疏 雨 소 우 뚝뚝 성기게 내리는 비

歇 헐 그치다

春 色 遍 萋 萋 춘 색 편 처 처

遍 편 두루

萋 처 풀이 무성하게 우거진 모양

萋 萋 풀이 생기를 받아 파릇파릇 곳곳에 솟은 모습을 표현

魚 躍 靑 池 滿 어 약 청 지 만

躍 약 뛰다

池 지 못

滿 만 가득 차다

　곳곳에 풀들이 올라올 때 물고기도 봄기운을 받아 푸른 연못에서 파닥파닥 뛴다. 물고기가 파닥거리며 뛰는데 그 수가 많다. 새벽에 산책하다 보면 이런 물고기의 모습을 쉽게 볼 수 있다. 새들도 새벽에 움직임이 많고 느낌이 발랄하다. 싱그러운 못에 물고기들이 파닥파닥한다.

鶯吟綠樹低 앵 음 록 수 저

鶯 엥 꾀꼬리

吟 음 읊다, 지저귀다, 음미하다

樹 수 나무

低 저 밑

이백에게는 꾀꼬리 우는 소리가 노래[吟]하는 것으로 들린다. 앞 행에서 물고기의 파닥거림을 표현하기 위해 躍약을 썼는데, 여기서는 꾀꼬리의 지저귐을 표현하기 위해 음吟을 썼다.

보통 한자에서 새가 우는 것을 표현할 때는 '鳴(울 명)'을 쓴다. 그런데 이백은 '鶯鳴앵명' 대신 '鶯吟앵음'이라고 썼다. 물고기는 푸른 못에서 튀어 오르고, 꾀꼬리는 푸른 나무 밑에서 노래하는 것이다.

잎이 우거진 나뭇가지에서 새가 우는데 '低(밑 저)'라는 한자를 쓴 것은 꾀꼬리가 안 보이는 느낌을 살리려 했기 때문이다.

'어약청지만'과 '앵음녹수저'는 역시 멋진 對句대구다. 물고기가 튀어 오르고, 꾀꼬리가 노래하는 이유는 둘 중 하나다. 먹이를 찾거나 짝을 찾거나. 시인은 봄기운을 표현하기 위해 이 두 가지 욕망이 넘쳐나는 모습을 간접적으로 그려냈다.

野花妝面濕 야 화 장 면 습

妝 장 꾸미다

面 면 낯

濕 습 축축하다

벌판에 피어있는 꽃들의 촉촉한 얼굴을 표현했다. 비가 온 지 얼마 되지 않아 꽃과 잎사귀들이 젖어있는 게 당연하다. 이를 두고 시인은 얼굴에 화장했다고 표현했다. 벌판의 꽃들이 얼굴을 촉촉하게 단장했다고 의인화한 것이다. 너무 멋진 말이다.

山草紐斜齊 산 초 뉴 사 제

紐 뉴 끈, 매다, 엮다

斜 사 경사지다

齊 제 가지런하다

산의 경사면 따라 자라난 풀들이 마치 엮어 놓은 것처럼 무성하게 있는 모습을 묘사했다. 왜 파릇파릇 솟아난 풀들이 가지런히 엮어 놓은 것처럼 있을까? 봄바람이 불기 때문으로 보인다. 바람 때문에 마치 누군가 엮은 것처럼 옆으로 풀잎들이 가지런히 놓여 있다.

글로 그려진 이 장면, 상상만 해봐도 무척 예쁘다. 물고기는 파닥파닥 뛰고, 꾀꼬리는 꾀꼴꾀꼴 울어댄다. 벌판의 꽃들은 물기운을 머금어 예쁘게 단장되어 있다. 살짝 고개를 돌려보니 풀들이 봄바람 타고 가지런하게 있다.

이쯤 되면 시인이 아니더라도 뭔가 상념이 떠오를 수밖에 없다.

零落殘雪片　영락잔설편

零영　떨어지다

落락　떨어지다

殘잔　남다

殘雪片잔설편　뭉쳐 있던 눈 덩어리 중 한 조각

風吹掛竹溪　풍취괘죽계

吹취　불다

掛괘　걸다

눈 덩어리 한 조각이 땅으로 떨어지다 말고 중간에 대나무 가지 위에 살짝 걸렸다. '溪(시내 계)'가 있으니까 계곡 물가에 있는 대나무 가지를 말한다.

시인은 마지막에 구름을 빌려서 살짝 자기의 모습을 은근히 투사한 것 같다. 말은 안 했지만, 눈 한 조각은 시인 본인일 수도 있다.

하지만 시 전체에 흐르는 분위기는 고독하거나 쓸쓸한 느낌이라기보다는 싱그럽고 보드라운 봄의 느낌만 살렸다. 이 때문에 떨어지는 눈 한 조각마저 나름대로 뭔가 운치가 느껴진다.

쓸쓸하고 한스러운 분위기를 내지도 않고 고고하지도 않으면서, 은근슬쩍 '나 또한 이 파릇한 분위기 속에서 살짝 한 조각의 구름처럼 대나무 밑에서 내 나름대로 즐기고 사노라, 어쩔래' 하는 분위기가 느껴진다.

평생 즐거운 일은 별로 없었지만, 이백은 멋들어지게 살았다.

李白이백 (701~762)

이백의 아버지는 중앙아시아에서 장사하던 무역상이었다. 이 때문에 한족 출신이 아니라는 설이 많다. 아버지가 사방을 떠도는 직업이다 보니 정규 교육은 받지 못하고, 고향에서 산을 오르며 도교를 수양하다가, 20대에 고향을 떠나 몰락한 귀족의 자제들과 어울렸다.

당나라 때는 신분을 차별하지 않고 인재를 뽑았기 때문에 이백도 과거를 봤다. 하지만 합격하지 못했다.

그에게도 짧은 관운이 있기는 했다. 43세 때 현종의 칙령으로 翰林供奉한림봉공이라는 관직을 얻었으나 전혀 어울리지 않는 자리였다.

당 현종이 연회 때 분위기를 돋아줄 빼어난 작사가를 찾으니, 주위에서 한결같이 이백을 추천했다. 그 바람에 考試浪人고시낭인으로 살다 마흔이 넘은 나이에 어공생활을 하게 된다.

하지만 천하를 경영하겠다는 큰 포부가 있었던 사람에게 황제가 양귀비랑 노는 자리에서 분위기나 맞춰주는 시를 짓게 하니, 이백은 오히려 크게 상심해 술독에 빠져 지내다 결국 1년 만에 관직을 떠나기로 결단한다. 이후 낙양에서 산동까지 두보와 함께 여행하는 등 천하를 유람하면서 지냈다고 한다.

만년에는 강남의 여러 곳을 유람하다 61세에 사망하였다. (長江장강

에 비치는 달그림자를 잡으려다가 익사했다는 전설도 있다)

지금까지 전해지는 1,400여 수의 이백의 시는 스케일이 웅장하고 자유분방하고 활달하여 詩仙시선으로 불린다. 이백 자신도 스스로 謫仙人적선인[지상에 귀양온 신선]이라 칭하였다.

후세의 입장으로 보면, 이백이 과거에 합격했더라면 큰일 날 뻔했다. 그러면 오늘날의 이백이 아닐 것이기 때문이다. 뛰어난 천재 시인이 다행히 고시에 붙지 못한 바람에 그렇게 쌓인 스트레스와 재주를 시로 풀어냈다. 그 덕에 우리는 아름다운 한시의 매력에 빠져들 수 있다.

$$
\begin{array}{c}
\text{───── } \mathbf{14} \text{ ─────} \\[6pt]
\textbf{여산폭포를 바라보며} \\[4pt]
\textbf{望廬山瀑布}
\end{array}
$$

望廬山瀑布
망 여 산 폭 포

日照香爐生紫煙　　해 비치자 향로봉에 피어나는 자색 안개,
일 조 향 로 생 자 연

遙看瀑布掛長川　　아득히 바라보니 폭포가 長川을 걸었구나~
요 간 폭 포 괘 장 천

飛流直下三千尺　　날 듯 흐르다 내리쏟는 물줄기가 삼천 척
비 류 직 하 삼 천 척

疑是銀河落九天　　혹시라도 九天에서 은하수가 떨어졌나?
의 시 은 하 락 구 천

'망여산폭포'란 望(멀리서 볼 망)을 앞에 써서, 여산 폭포를 멀리서 바라본다는 뜻이다.

　여산은 중국 강서성에 있는 명산이다. 1996년 유네스코 세계유산에 등재될 정도로 험준한 산봉우리와 기이한 자연풍광으로 유명하다. 도

연명, 이백, 백거이, 소동파 등 중국의 유명한 시인이나 문인을 비롯해 수많은 정치인, 문학가, 예술가들이 유람하며 4,000수 이상의 시와 그림들을 그렸다고 한다.

여산에서 특히 유명한 곳은 이 시의 소재가 된 여산 폭포다. 여산 폭포는 길이가 180미터가 넘고 3단으로 되어있어 웅장하고 신비스럽다. 비가 많이 올 때면 산이 무너질 듯한 굉음과 사람을 빨아들일 듯 압도적인 느낌을 준다.

심지어 여산 폭포에 가보지 않은 우리나라 화가들도 다른 그림을 베끼거나 상상해서 많이 그렸을 정도다.

이백은 이 아름다운 여산 폭포를 두고 '비류직하삼천척 의시은하낙구천'이라는 유명한 글귀를 남겼는데 이 표현이 두고두고 전해지고 있다.

겸재 정선 作 〈여산폭포〉

日照香爐生紫煙　일 조 향 로 생 자 연

日 照 일 조　해가 비치다

爐 로　향로, 화로

香 爐 향 로　향로봉. 여산의 서북쪽에 있는 높은 산봉우리

紫 자　자색, 자줏빛

煙 연　연기, 안개

산에서 안개가 몽글몽글 피어오르는데 그 색이 자색인 이유는 햇살
때문이다. 여기서 향을 피우면 올라오는 연기란 아침 햇살에 비친 안개
를 의미한다.

멀리서 여산을 바라보고 있는데, 아침에 해가 반사되는 안개를 마치
향로에서 자색 향이 피어오르는 것으로 묘사한 것이다. 여산을 순식간
에 향로로 만든 이태백의 뛰어난 비유를 볼 수 있다.

遙看瀑布掛長川　요 간 폭 포 괘 장 천

遙 요　멀다, 아득하다

掛 괘　걸다, 매달다

長 川 (前川으로 된 판본도 있음) 큰 물줄기

폭포를 멀리서 바라보니, 마치 큰 물줄기를 걸어놓은 듯하다는 뜻이
다. 폭포수가 아래로 툭 떨어지는 모습을 마치 물줄기를 어깨에 걸머지
고 있는 것에 비유한 것이다. 이백이 아니라면 이 모습을 '掛(매달 괘)'로

표현하기가 쉽지 않다.

飛流直下三千尺　비류 직하 삼천 척

여산폭포를 묘사한 수천의 시 중에 이를 능가하는 표현이 없다고 한다. 위에서 물줄기가 마치 나는 듯 흐르다가 갑자기 툭 떨어지는 직하의 모습을 보이는데 그 길이가 무려 삼천 척이라. 이백의 이 묘사가 나온 이후론 나머지 비유들이 별 매력이 없어졌다.

이 구절은 발음상으로도 아주 매끄럽게 흐른다. '비류'는 낭창낭창하는 수평으로 나르는 느낌을 주는 반면, '직하'는 갑자기 툭 떨어지는 느낌을 준다.

疑是銀河落九天　의 시 은 하 락 구 천
疑　의심할 의
疑是 의 시　긴가민가하다
九天 구 천　가장 높은 하늘, 九重구중 하늘

저 구천, 가장 높은 하늘에서 혹시 은하수가 떨어진 것인가. 중국에서 '九구'는 가장 높은 수다. 하늘에도 층이 있는데 구천에서 혹시 은하수가 떨어졌나 라는 의문이 든다는 것이다.

이백은 워낙 상상력이 풍부한 사람이라 멋있는 과장을 잘 표현했다. 그는 여산 폭포에 하늘까지 끌어들여 시적 과장을 전 우주적 차원으로 확장 시켰다.

'비류직하삼천척' 할 때는 씩씩하게 나가다가, '의시은하낙구천' 할 때는 상대적으로 조금 줄여서 여운을 남긴다. 밀고 당긴다. 언어의 마술사다.

해가 비치며 몽실몽실 향내 나는 모습으로 시작해서 은하수가 떨어지기까지 28글자로 여산폭포의 아름다움을 절묘하게 살렸다.

이 시는 칠언절구의 형식을 갖췄다. 절구도 운을 맞춰야 하니 2행과 4행의 '川'과 '天'을 넣었다. 칠언시는 '둘-둘-셋'으로 끊어서 읽으면 좋다.

발음을 보면 1, 2, 4행의 각운이 '연-천-천'으로 부드러운데 3행만 '척'을 넣어 물줄기가 세게 떨어짐을 느끼게 한다.

그래서 이백이 시의 신선[詩仙]이다.

15

시인은 혼자 마셔도 '혼술'이 아니다
月下獨酌 1

月下獨酌
월 하 독 작

花間一壺酒
화 간 일 호 주

꽃 사이에 술 한 병 놓고

獨酌無相親
독 작 무 상 친

혼자 마신다

擧杯邀明月
거 배 요 명 월

잔을 들어 달을 보니

對影成三人
대 영 성 삼 인

달과 내 그림자까지, 셋이서 마신다

月旣不解飮
월 기 불 해 음

달은 술 마실 줄 모르고

影徒隨我身
영 도 수 아 신

그림자는 내 흉내만 낸다

暫伴月將影
잠 반 월 장 영

잠시 달과 나 그리고 그림자가

行樂須及春
행 낙 수 급 춘

벗이 되어 봄을 즐긴다

我 歌 月 裴 徊 _{아 가 월 배 회}	내가 노래하면 달은 거닐고
我 舞 影 零 亂 _{아 무 영 영 난}	내가 춤추면 그림자도 춤춘다
醒 時 同 交 歡 _{성 시 동 교 환}	함께 술을 마셔도
醉 後 各 分 散 _{취 후 각 분 산}	취하면 각자 헤어지는 법
永 結 無 情 遊 _{영 결 무 정 유}	무정한 교유를 맺었으니
相 期 邈 雲 漢 _{상 기 막 운 한}	다음엔 은하에서 만나길

이백, 달빛 아래 혼자 마신다

이백은 현실에서 잘 안 풀렸던 인생을 달래고자 술을 많이 마셨다. 그 때문에 이백의 시에 많이 등장하는 소재를 꼽으라면 단연 술과 달이다. 월하독작은 이백의 혼술을 묘사한 대표작 중 하나다.

'月下월하'는 우리에게 익숙한 한문이다. 가장 쉽게 연상되기로는 '월하의 공동묘지'가 있다. 그래서 〈月下獨酌월하독작〉 역시 한자를 모르는 사람도 그 뜻이 쉽게 짐작된다. 달빛 아래 혼자 마시는 술임을 금방 알 수 있다. 술자리에서 자기가 따라 마시는 술은 '自酌자작'이라고 하는데, '독작'은 아예 처음부터 혼자 마신다는 의미로, 즉 혼술이다.

재밌는 것은 시인이 자신의 혼술을 예찬하면서, 천-지-인의 세계관을 도입했다는 점이다. 이백은 이 시에서 아예 혼술을 셋이서 마시는 것으로 묘사한다.

어떻게 셋일까? 하나는 달이고, 또 하나는 자신의 그림자다. 달은 하늘[天]에 있을 수밖에 없고, 그림자는 땅[地]이 없으면 생길 수 없다. 여기에 술꾼인 자신, 즉 인간[人]을 결합하면 천지인이 모두 모여 술을 마시니 셋이 마시는 셈이다. 보통 사람이라면 '혼술'이지만, 천재 시인에게 혼술은 천-지-인이 함께하는 전 우주적 회동이다.

천지인은 무엇인가. 경계가 없는 게 '하늘[天]'이다. 하늘은 고정적이지 않다. 끊임없이 달라지는 것이 하늘이고 시간이다. 하늘은 변화하는 시간이다. 반면, 땅은 공간의 상징이다. 공간은 인간을 중심으로 모두 구획 지어질 수 있다. 천지의 조화. 시간과 공간의 틀 속에 끊임없이 내 삶이 흘러간다.

가만히 시의 흐름을 따라가다 보면, 마치 술자리에 와서 술을 마시듯 복잡한 감정이 모두 전해진다. 웃음이 날 정도로 재미있는 문장과 동시에 그 글귀에 담긴 시인의 고독함과 쓸쓸함까지 함께 전해진다.

花 間 一 壺 酒　화 간 일 호 주
壺 호　술병

꼭 꽃밭이 아니면 어떠랴. 봄의 흥취가 올라 혼자라도 술이 그리운 것이다.

獨 酌 無 相 親　독 작 무 상 친
親 친　친하다, 가까이 하다

진짜 술꾼은 분위기가 좋을수록 홀로 즐기는 법이다.

擧杯邀明月　거 배 요 명 월

擧 거　들다

邀 요　맞이하다, 만나다

때마침 밝은 달 떠오르니 어찌 잔을 들지 않을 수 있겠는가.

對影成三人　대 영 성 삼 인

對 대　마주하다

影 영　그림자

한 잔 쭉 들이키고 내려다보니 그림자도 함께 하네.

月旣不解飮　월 기 불 해 음

旣 기　이미

解 해　풀다

飮 음　마시다 (요즘은 먹는 것과 마시는 것을 잘 구분하지 않지만, 옛 분들은 마시는 것은 '음飮', 입으로 씹어 먹는 것은 '식食'으로 구분해서 사용했다. 술은 씹는 게 아니고 마시는 것이라 '음飮'을 쓴다.)

影徒隨我身　영 도 수 아 신

徒 도　무리, 헛되이

隨 수　따르다

내 그림자는 공연히 내 몸을 따른다. 달은 무정물이라 술 마시는 법을 알 리 없고, 그림자는 공연히 내 몸만 따라다닌다.

暫伴月將影　잠 반 월 장 영

暫 잠　잠깐

伴 반　짝, 동반하다

將 장　장수, 그리고

行樂須及春　행 락 수 급 춘

行樂　놀러 다니는 것

須 수　모름지기

及 급　미치다

모름지기 노는 것도 때가 있기 마련이다. 우리는 인생을 살면서 우리가 보낸 그 아름다운 시간이 그렇게 짧게 지나갈지 생각하지 못한다. 지나고 나서야 그때가 얼마나 좋은 시절이었는지, 뒤늦은 각성에 땅을 치고 아쉬워한다.

하지만 좋은 시절이 지났다고, 그때는 몰랐다고 아쉬워만 할 일은 아니다. 아쉬운 그때가 지나고 보면 좋았던 것처럼, 지금도 알고 보면 좋은 시절이다. 마음은 우리 모두 청춘이다. 이 구절은 우리 인생의 봄을 말하는 것이다.

我歌月裴徊 아 가 월 배 향
裴 배 서성거리다
徊 회 돌다

예나 지금이나 술기운이 올라오면 노래가 꼭 따라오게 마련이다. 시인도 마찬가지였다. 아무도 없는데 혼자 노래를 하고[我歌], 심지어 술에 취해서 흔들리는 자신을 두고 '달이 裴徊배회한다'고 표현한다. 배회는 일정한 목적 없이 왔다갔다하는 걸 말한다. 내가 노래하니 저 달이 뱅글뱅글 돈다. 달이 둥그렇게 뜨니까 이 달이 흔들흔들하니까 마치 배회하는 것처럼. 세상의 중심은 어디까지나 '나'이기 때문에, 아무리 술을 먹었어도 내가 도는 게 아니라 달이 배회하는 것이다.

我舞影零亂 아 무 영 영 란
零 영 떨어지다, 어지럽다
亂 란 어지럽다

노래했으니 춤이 빠질 수 없다. 덩실덩실 춤까지 추니까 밑으로 보면 그림자가 졸졸 따라다닌다.

어떤 분위기인지 능히 짐작이 간다. 달은 빙빙 도니까 배회하는 것 같고 그림자는 어지럽게 나를 따라다니고 있다. 내가 춤을 추기 때문이다. 자신의 술기운이 올라오는 것에 맞춰서 시상도 점점 고조되고 있음이 느껴진다.

醒時同交歡　성시동교환
醒 성　깨다
交 교　사귀다
歡 환　기뻐하다
同交歡　함께 기쁨을 나누다

달과 자기 그림자와 함께 즐거움을 주고받는다. 술기운이 올라도 자기가 깨어있을 때 서로 기쁨을 주거니 받거니 하는 것은 사실 자기 마음의 작용이다.

醉後各分散　취후각분산
醉 취　취하다
各分散　각자 흩어지다

회식 자리가 늘 그렇듯이 술은 함께 먹지만, 취하고 난 뒤에는 각자 흩어지기 마련이다. 술기운이 올라 한참 서로 기쁨과 슬픔을 주고받을 때는 셋이 하나가 되지만, 거나하게 취한 뒤에는 달은 가버리고 그림자

조차 어디로 갔는지 보이지 않는다. 흥이 올라 자기 혼자 노래하고 춤추다가 결국 다 흩어져 파국을 맞는 상황이다.

永 結 無 情 遊　영 결 무 정 유

永 영　길다

結 결　맺다

遊 유　놀다

有情유정은 한계가 있다. 정이란 끊임없이 바뀌기 때문이다. 하지만 상대가 無情物무정물이라면 얘기가 달라진다. 유정물과의 교류는 끊임없이 감정이 바뀌기 때문에 사람 사이에서는 無情遊무정유가 되지 않는다. 오히려 無情무정이니까 영원한 관계가 가능하다. 그래서 영결 永結이다. 영원히 바뀌지 않는 그런 교류를 맺어보자.

相 期 邈 雲 漢　상 기 막 운 한

期 기　기약하다

相 期　서로 기약하다

邈 막　아득하다

雲 漢　은하수의 다른 표기

여기서 漢한은 중국의 강 이름이다. 중국 민족을 한족이라고 부르게 된 기원인 '한나라'라는 이름도 여기서 비롯되었다. 참고로 銀河水은하수(the Milky way)란 밤하늘에 마치 은빛의 강이 흐르는 것으로 보인다는 뜻에서 붙여진 이름이다.

'이 지구를 떠나 아득한 은하수에서 다시 만나기를 기약하자. 영원히 변치 않을 우정을 약속하자'라는 시인의 호소다.

신석정 시인은 월하독작을 이렇게 번역했다.

꽃 아래 한독 술을 놓고

홀로 앉아서 마시노라

잔 들자 이윽고 달이 떠올라

그림자 따라 세 사람일세

달이 술은 마실 줄 모르고

그림자만 나를 따라다녀도

달과 그림자 데불고서[10]

함께 즐기는 이 기쁨이여

내 노래하면 달도 거니는 듯

내 춤을 추면 그림자도 따라라

깨이면 함께 즐기는 것을

취하면 모두 흔적이 없이

길이 이 정을 서로 맺아

오는 날 은하에서 또 만나리

---

10 '데불고서'는 전라도 사투리인데 '伴'의 의미를 재밌게 살리고자 사용했다.

16

시인은 혼자 마셔도 '혼술'이 아니다
月下獨酌 2

월하독작은 총 4수로 되어있는데 아래는 두 번째 시다. 두 번째 수는
첫 번째보다 내용이 훨씬 더 쉽고 그럴듯하다.

月 下 獨 酌
월 하 독 작

天 若 不 愛 酒   만약 하늘이 술을 사랑하지 않았다면,
천 약 불 애 주

酒 星 不 在 天   주성이 하늘에 있을 리 없고
주 성 부 재 천

地 若 不 愛 酒   만약 땅이 술을 사랑하지 않았다면,
지 약 불 애 주

地 應 無 酒 泉   주천이 땅에 있을 리 없다.
지 응 무 주 천

天 地 旣 愛 酒   하늘과 땅도 술을 사랑한 마당에
천 지 기 애 주

愛 酒 不 愧 天   나의 음주가 부끄럽겠는가
애 주 불 괴 천

已 聞 淸 比 聖 <small>이 문 청 비 성</small>	옛말에, 청주는 성인과 같고
復 道 濁 如 賢 <small>부 도 탁 여 현</small>	탁주는 현인과 같다고 했다
賢 聖 旣 已 飮 <small>현 성 기 이 음</small>	현인과 성인을 이미 들이켰으니
何 必 求 神 仙 <small>하 필 구 신 선</small>	굳이 신선을 찾을 일도 없다
三 杯 通 大 道 <small>삼 배 통 대 도</small>	석 잔이면 대도에 통하고,
一 斗 合 自 然 <small>일 두 합 자 연</small>	한 말이면 자연과 하나가 된다
但 得 醉 中 趣 <small>단 득 취 중 취</small>	술 취할 때의 흥취,
勿 爲 醒 者 傳 <small>물 위 성 자 전</small>	깨어있는 자들에게는 전할 거 없다네.

이백이 달을 좋아한 이유

월하독작 2수는 1수에 비해 술꾼의 기개가 더욱 넘쳐난다. 좀 더 힘찬 문장과 강한 논리로 술을 마시는 이유에 대해 설파하고 있다.

이백 시인은 왜 그렇게 달을 좋아하고 술을 좋아했을까? 지금은 우주선을 타고 인간이 달나라에 갈 수 있지만 당나라 시절에는 인간이 달나라에 간다는 것은 말 그대로 꿈속에서나 가능한 일이었다. 즉 끊임없이 달을 쳐다본다는 것은 현실을 떠나 이상을 꿈꾸는 것이고, 현실에서는 도달할 수 없는 무엇인가를 끊임없이 갈구한다는 뜻이다.

혼자 술을 마시는 이유는 무엇일까? 금생에도 이 땅에서도 나와 뜻이 통할 사람이 많지 않기 때문이다. 결국 술과 달을 찾는 것은 이백의 고독함이다. 천재의 고독함이 진하게 배어있다.

　　天 若 不 愛 酒　천 약 불 애 주
　　酒 星 不 在 天　주 성 부 재 천

　옛날엔 하늘에 술별, 즉 酒星주성이 있다는 전설이 있었다. 이 별이
인간에게 술 빚는 법을 가르쳐 술이 세상에 퍼졌다고 일컬어진다.
　술로 된 별이 존재한다고 생각한 이유는 그 시절에는 술 빚기가 쉽지
않았기 때문이다. 술의 원료인 곡식 자체가 귀한 시절이었고 귀한 곡식
을 발효시켜 얻는 술의 양도 많지 않았다. 시간도 오래 걸렸다. 추수가
끝나고 술을 빚으면 이듬해 봄이 되어야 제대로 익은 술을 마실 수 있
었다. 그렇게 술이 귀한 존재였으니, 하늘 어딘가에 술별이 있다는 일종
의 로망을 가졌던 셈이다.

　　地 若 不 愛 酒　지 약 불 애 주
　　地 應 無 酒 泉　지 응 무 주 천

　앞 행에 나온 天천과 짝을 이루기 위해 地지가 나왔다. '酒泉주천'이
란 '술샘'이란 뜻인데 중국의 감숙성에 현재까지도 존재하는 실제 지명
이기도 하다. 주천은 실크로드의 길목에 존재하는 오아시스로 지금은
우주발사 기지가 있다고 한다. 물맛이 마치 술맛 같아서 붙여진 이름이
라고 한다.

天 地 既 愛 酒 천 지 기 애 주
愛 酒 不 愧 天 애 주 불 괴 천
愧 괴 부끄러워하다

이 문장은 하늘과 땅을 핑계 삼아 자신이 술 좋아하는 것을 재밌게 합리화한다. 천지가 다 술을 좋아하는 판에 술 마시는 것을 부끄러워할 필요가 없다는 뜻이다. 술꾼의 과장된 논리가 느껴진다.

已 聞 淸 比 聖 이 문 청 비 성
復 道 濁 如 賢 부 도 탁 여 현
已 聞 이 문   이미 듣다
淸 청 맑다
濁 탁 흐리다(청과 짝을 이룸)
道 도 길, 말하다

청주[淸]는 성인에 비긴다고 들었고, 또[復] 탁주[濁]는 현인과 같다는 뜻이다.

당나라 때는 도수가 높은 증류수는 없었고, 청주와 탁주만 있었다. 막걸리를 흔들기 전에 맑게 떠 있는 부분이 淸청이고, 아래 가라앉아 있는 부분이 濁탁이다. 그 당시에 청주를 더 좋아해서 청주를 聖人성인에 비유했고, 탁주는 賢人현인에 비유했다.

그런데 이백은 이 대목에서 남에게 들었다는 식으로 표현한다. 자기

생각이 아니라 들은 얘기임을 강조해서 자기주장의 객관성을 입증하려
는 것이다.

　賢聖旣已飮　현 성 기 이 음
　何必求神仙　하 필 구 신 선

　현인도 술 좋아하고 성인도 술 좋아한다고 하니, 내가 술 마시는 거
하나도 부끄럽지 않다. 더 마시겠다는 뜻이다.

　三杯通大道　삼 배 통 대 도
　一斗合自然　일 두 합 자 연
　斗　두　말

　석 잔 술이면 대도와 통하고, 한 말까지 마시면 완전히 자연과 내가
합일되는 그 경지에 오른다는 뜻이다. 자연은 노자의 핵심 개념인 '無
爲自然무위자연'을 뜻한다. 자연은 여기서 명사로 쓰였지만, 원래는 술
어다. 즉 '스스로 그러하다'라는 의미다.

　但得醉中趣　단 득 취 중 취
　但得단 득　단지 얻는다
　趣 취　향하다, 미치다
　醉中趣 취 중 취　술에 취했을 때의 흥취

勿爲醒者傳　물 위 성 자 전

勿爲 물 위　~을 하지 마라

가장 화끈한 대목은 이 시의 결론이다. 이백은 당당히 요구한다.

"취하여 얻는 즐거움을 깨인 이에게 알리지 마라."

술도 못 마시는 인간들에게 술 마시는 맛과 멋을 가르쳐주지 말라는 선언이다. 은근한 장난스러움이 묻어 있는 이 문장은 어느 술꾼의 멋들어진 자기 합리화이다.

신석정 시인은 월하독작 2수를 이렇게 번역했다.

하늘이 만일 술을 즐기지 않으면

어찌 하늘에 주성이 있으며

땅이 또한 술을 즐기지 않으면

어찌 주천이 있으리요.

천지가 하냥 즐기었거늘

애주를 어찌 부끄러워하리

청주는 이미 성인에 비하고

탁주는 또한 현인에 비하였으니

성현도 이미 마시었던 것을

헛되이 신선을 구하오리

석 잔에 대도에 통하고

한 말에 자연에 합하거니

모두 취하여 얻는 즐거움을

깨인 이에게 이르지 마소라

이 시는 절구도 아니고 율시도 아닌, '古詩고시'로 분류된다.

—— 17 ——
인생의 독룡을 멀리하라
過香積寺

過香積寺 과 향 적 사	향적사(향기 쌓인 절)를 지나며
不知香積寺 부 지 향 적 사	향적사를 모르지만
數里入雲峰 수 리 입 운 봉	구름 봉우리 속으로 몇 리를 간다.
古木無人徑 고 목 무 인 경	고목 사이에 사람은 없고
深山何處鐘 심 산 하 처 종	깊은 산 어디선가 종소리만 들려온다.
泉聲咽危石 천 성 열 위 석	샘물 소리는 가파른 바위에서 울고
日色冷青松 일 색 냉 청 송	햇살은 푸른 소나무를 비춘다.
薄暮空潭曲 박 모 공 담 곡	어스름 저녁, 텅 빈 연못에서
安禪制毒龍 안 선 제 독 룡	禪定선정에 들어 毒龍독룡을 제어한다.

이 시는 왕유 시인이 향적사를 지나면서 지은 시다. 향내 쌓인 절을 지나며 그 맑고 그윽한 분위기를 시로 읊었다. 향적사는 당나라 때 건립된 사찰로, 현재는 西安市서안시 남쪽에 터가 남아있다.

이 시에는 불교의 선사상이 스며들어 있다. 시인 왕유가 살았던 때는 성당시기, 즉 700년대 전반기이다. 당 현종이 양귀비와 스캔들을 일으키던 시기이다. 왕유는 이 커다란 격랑을 직접 겪으면서 살았던 사람이다. 또한 이 시기는 혜능 스님이 본격적으로 활동하며 선종이 크게 꽃을 피우던 시기이기도 하다.

不 知 香 積 寺　부 지 향 적 사
不 知　모르겠다

말 자체는 향적사를 모르겠다는 뜻이지만, 향적사를 진짜로 몰라서 하는 말은 아닐 것이다. 짐짓 겸손하게 표현한 것으로 보인다. 공부가 상당히 되어있지만, 다시 비우고 '모른다'라는 전제로 절을 찾아 들어간다는 의미를 담고 있다.

우리가 무엇인가를 '안다'라는 것의 정확한 의미는 무엇일까? 스스로 무엇을 모르는가를 얼마나 자세하게 아는지, 그것이 진정으로 아는 것이다. 공부가 안된 사람은 '내가 뭘 모르는지'를 모른다. 더 큰 문제는 일부만 알면서 전체를 아는 것으로 착각하는 것이다.

어떤 사람이 지혜로운지 아닌지는 질문에 대한 태도를 보면 알 수 있다. 어떤 질문에 대해 '안다'라고 하는 사람보다는 '모른다'라고 접근하는 사람이 지혜로운 사람이다.

數里入雲峰 수 리 입 운 봉
數里수리 **몇 리**

당나라 시대에 걸어서 천천히 數里수리를 간다는 것은 짧은 길을 가는 것이 아니다. 향적사는 산속에 있었기 때문에, 시인은 구름에 싸인 산봉우리를 보며 찾아가는 모습을 入雲峰입운봉이라고 표현했다.

古木無人徑 고 목 무 인 경

徑경은 지름길이란 뜻으로 빠른 길을 의미한다. 잘 닦인 大路대로와 대비된다. 돌부리와 나무뿌리가 마구 엉켜 있는 그런 길이다.
한참 걸어 들어가다 보니 이젠 사람도 안 보이고 오래된 나무만 우거진 오솔길 사이로 보이는 상황이다.

深山何處鐘 심 산 하 처 종

이런 길로 가다 보니 산 깊숙이 들어간다. 그때 종소리가 멀리서 들려온다. 단순하지만 이런 대목에서 왕유는 '詩佛시불'이라 불릴 만하다. 이 시는 너무나 잔잔하다. 그 잔잔한 산속에 어느 정도 들어왔다 싶을 때 작은 엑센트를 주는 것이 종소리다.

종소리는 요란하지 않다. 깊은 산속이라 더 은은하다. 어디선가 들려오는 종소리는 은은함을 전해주지만 동시에 아직 좀 더 들어가야 한다는 의미를 내포한다. 종소리의 은은함은 향적사에서 나는 소리이기 때문에 '어디서 들려오나[何處]' 라는 구절의 뉘앙스로 아직 절이 조금 떨어져 있음을 느끼게 한다.

[동양의 종, 서양의 종]

서양의 종과 동양의 종은 다르다. 서양의 종은 안에서 치는 방식이고 동양의 종은 밖에서 때리는 방식이다. 밖에서 치는 방식으로 큰 종을 만들기 위해서는 상당한 기술이 필요하다. 잘못 때리면 종이 깨지기 쉽기 때문이다.

그러나 동양의 종은 소리가 종 안에서 만들어져 퍼지기 때문에 계속 여운처럼 깊게 울리는 느낌이 있다(맥놀이 현상). 서양 종소리는 맑지만, 은은한 여운을 주지 못한다.

(경주에 있는 에밀레종의 소리는 단연 세계 최고이다.)

泉 聲 咽 危 石　천 성 열 위 석

泉 천　샘

泉 聲　맑은 물이 펑펑 솟아 나오는 소리

咽 열　목메이다

危 石 위 석　높고 큰 암석. 위태로이 뾰족하게 솟아있는 바위

샘물이 솟아 나와 흐르다 바위에 부딪히면 소리가 난다. 시인은 그 소리를 咽열이라고 표현했다. 흐느끼는 듯한 소리다. 咽열은 아직 우리 일상에서 사용한다. '오열하다' 할 때의 그 열이다. 샘물이 바위에 부딪혀서 나는 소리가 마치 오열하듯이 들린다는 뜻이다.

日色冷靑松　일 색 냉 청 송

5행의 소리와 짝을 이루기 위해 6행에서는 색이 나온다. 눈으로 보는 색과 귀로 듣는 소리가 짝이 된다. 색 중에 제일 환하고 밝은 것은 '日色일색' 즉 태양빛이다.

종소리가 들려 더 깊이 들어가는데 밑에서는 졸졸 흐르는 샘물 소리가 큰 바위에 부딪혀 흐느끼듯 들리고, 위로 봤더니 햇빛이 비치는 상황이다.

푸른 소나무가 빽빽하게 우거진 가운데로 따스한 햇살이 비치니 오히려 서늘함이 느껴진다. 시인은 이를 '冷(찰 냉)'자로 표현했다. 푸르디 푸른 솔에 햇살이 비친 그 느낌이 서늘하게 다가온다.

이 시의 5행과 6행은 중국에서 천하의 명구로 꼽히는 문장이다.

'천-일' '성-색' '열-냉' '위석-청송'이 기막힌 對句대구를 이루고 있다.

薄暮空潭曲　박 모 공 담 곡
薄 박　엷다
暮 모　저녁

薄 暮 박 모 저녁 해가 넘어가는 어스름한 때

空 공 비다

空 潭 사람이 없는 연못

曲 곡 굽다(자연스런 연못을 표현)

마침 해는 뉘엿뉘엿 져서 어스름한 저녁, 사람도 없는 연못가 한쪽에 가만히 서 있는 시인의 모습이 그려진다.

시인이 노골적으로 드러내지 않았지만, 시인은 새벽부터 일부러 향적사를 찾아 들어가, 그 길 위에서 샘물 소리와 소나무에 비친 햇빛이 너무 좋아 한참을 머무르면서 있는 상황이다. 이 모든 상황은 薄暮박모를 보면 알 수 있다.

安 禪 制 毒 龍 안 선 제 독 룡

安 禪 안 선 심신이 평안하게 선정에 들어감

制 제 통제하다

安禪안선은 마음의 동요 없이 오묘한 깨달음과 미의 경지가 합일되는 상태다. 마치 살아있는 용을 제어하듯이 毒龍독룡을 통제한다. 독룡은 佛家불가에서 佛法불법에 대항하는 괴물을 지칭한다. 주로 인간의 부질없는 욕망을 상징하는 의미로 쓰인다.

독룡에 대하여

용은 실존하는 동물은 아니지만, 예부터 변화무쌍의 상징이었다.

물속에도 있고 땅에도 있고 하늘에도 있는 존재는 용밖에 없다. 이 때문에 흔히

군주의 상징으로도 통했다. 군주는 만민을 통치하기 때문에 '변화무쌍' 해야 한

다는 관점 때문이다. 흔히 용상, 용안, 곤룡포 등 왕과 관련된 단어들이 모두 용

에 비유하는 경우가 많다.

동양의 용은 서양의 드래곤과 뉘앙스가 다르다. 서양의 드래곤은 인간에 대해

별로 친화적이지 않다. 반면 동양의 용은 인간과 매우 친근하다.

시에서 '마음의 독'을 용으로 표현한 것은 이 또한 용처럼 변화무쌍하고, 꿈틀대

며 계속 솟아나기 때문이다.

불교의 독룡, 탐진치

불교에서는 인간의 마음을 괴롭게 하는 세 가지가 있다고 한다. 이를
三毒心삼독심이라 한다. 이 세 가지 나쁜 마음은 貪(탐할 탐). 瞋(성낼
진), 痴(어리석을 치), 즉 탐심, 진심, 치심이다.

이 시에서 우리를 괴롭히는 독룡이란 바로 이 3가지 마음이다. 첫째
貪心탐심은 과한 욕심이다. 왕범지의 시에 나오는 '주릴 때 먹는 밥 한
그릇'은 탐욕이 아니다. 굳이 남의 밥그릇까지 빼앗아서 내 배를 채우려

는 마음이 탐심이다.

둘째 瞋心진심은 화내는 것이다. 남도 괴롭고 나도 괴로운 그 독한 마음 중에 화내는 마음이 들어간다. 우리는 종종 화를 못 참고 후회할 짓을 많이 한다.

그런데 여기서도 나 개인이 자기 성질을 못 이겨 화내는 것과 나라가 잘못된 길로 갈 때 분노하는 것은 구분해야 한다. 현상적으로는 비슷해 보여도 사회적으로 화내는 것은 공분한다고 표현하듯이 공적인 기능이 있다. 분노해야 할 때는 분노해야 바른 마음이다.

셋째는 痴心치심, 어리석음이다. 특히 불교에서는 궁극적인 원인이 어리석음, 즉 無知무지라고 본다. 과욕을 부리고 화내는 것도 결국 어리석음이 원인이다.

어리석음의 핵심은 실제로 영원하지 않은 나를 마치 영원한 것처럼 애지중지하는 것, 즉 我相아상이다. 왜 我(나 아)에 相(모양 상)을 붙여 我相아상이라고 표현했을까? 우리의 어리석음이 실제로는 존재한다고 볼 수 없는 我아를 마치 '相상'이 있는 것처럼 착각하게 만들기 때문이다.[11]

---

11 '아상'이 반복적으로 강조되는 불경이 금강경이다.

王維왕유(699~755)

이 시를 지은 왕유는 詩佛시불로 불렸다. 어려서부터 詩시와 書서, 音曲음곡 등에 뛰어난 재주가 있었고, 일찍 과거에 합격(721년 진사 시험에 급제)했지만 처음부터 고위 공직에 오르는 것을 좋아하지 않았다.

나중에 尙書右丞상서우승의 벼슬을 역임했지만, 당나라 장안의 교외에 별장을 지어 놓고 공부하고 수행하기를 즐겼다. 스님은 아니지만 스님처럼 살며 오히려 스님보다 높은 경지의 철학을 갖고 살았고 공직에 나가서는 어떤 사람보다도 공평무사하게 일도 잘하는 삶을 살았다고 한다.

詩仙시선, 詩聖시성, 詩佛시불

당나라의 많은 시인 중에서 이백, 두보, 백거이를 3대 시인으로 꼽는 경우가 많다. 이 중 이백은 詩仙시선으로 불린다. 신선처럼 자유롭고 활달한 성품과 세계관을 갖고 있었다. 이백과 쌍벽을 이루는 두보는 詩聖시성으로 불린다. 유교적 성향이 강해 성인군자 같은 이미지가 강하다. 이에 비해 왕유는 시의 부처님[詩佛]이라고 불린다. 독실한 불교신자였던 어머니의 영향으로 그의 시에는 불교적 세계관이 깊이 깔려 있다.

선문답과 조계종

한국불교의 주류인 조계종의 시조는 앞서 언급한 혜능 스님이다. 혜능 스님의 스승은 홍인 스님이지만, 더 위로 거슬러 올라가면 달마 스님이 있다. 달마 스님은 중국인이 아닌 인도인이다. 불교가 인도로부터 전해졌기 때문에 바로 이 달마 스님이 중국으로 선종의 핵심에 가장 부합한 가르침을 최초로 전한 시조가 된다.

달마 스님은 인도 계보로는 스물여덟 번째이지만, 중국에서는 첫 번째 즉 初祖초조가 된다. 이렇게 달마 스님으로부터 내려온 계보의 여섯 번째가 혜능 스님이다. 이 때문에 혜능을 六祖육조 스님이라고 부른다. 혜능 스님이 중요한 이유는, 초조부터 5조까지는 선종이 널리 퍼지지 않다가 6조 혜능 스님 때부터 선종의 대중화가 이루어졌기 때문이다.

앞서 언급했듯이 혜능 스님은 책을 읽을 줄 몰랐는데 이것은 선종의 핵심 모토인 '不立文字불립문자'와 깊은 관련을 갖는다. 책을 많이 본다고 깨달음 얻는 게 아니라는 관점은 바로 혜능 스님의 인생스토리이기도 하다. 글자를 몰랐음에도, 어설픈 지식으로 가득한 사람보다 혜능의 지혜는 탁월했다. 엄밀히 말해 혜능 스님이 '불립문자'라는 개념을 정립한 것은 아니지만, 혜능 이후부터 가르침의 에센스를 문자에 의지하지 않는 전통이 세워졌다.

그리고 글자로 공부하는 것을 넘어, 어떻게 핵심적 깨달음에 이를 것인가에 대해서 스승과 제자 사이에 오간 치열한 문답이 전해진다. 그것이 선문답이다.

선문답 중에 대표적인 사례가 있다. 혜능 스님의 제자 중 뛰어난 다섯 분 가운데 회양 스님이 있다. 그리고 회양 스님의 제자 중 道一도일 스님이 있었다.

눈 밝은 스승, 회양 스님이 도일을 알아보고 단박에 깨우쳐 주기 위해서 기회를 엿보다가, 하루는 그가 참선하고 있는 모습을 보게 된다.

스승 회양이 도일에게 물었다.

"너 뭐 하고 있냐?"

"그것도 모르십니까, 참선하고 있습니다."

그러자 스승이 벽돌을 가져와 도일 옆에서 묵묵히 갈았다.

이번엔 도일이 회양 스님에게 물었다.

"스승님, 뭐 하고 계십니까?"

"이놈아, 그것도 모르느냐? 거울 만든다."

"스승님, 벽돌로 어떻게 거울을 만듭니까?"

그러자 회양 스님이 말했다.

"야 이놈아, 앉아 있다고 부처 되느냐?"

이 말에서 도일은 큰 깨달음을 얻었다고 한다. 이런 대화가 바로 선문답이다. 스승 회양은 도일에게 친절하게 한마디를 더 한다.

"소가 수레를 끄는데, 수레가 안 가면 수레를 때려야 하느냐, 소를 때려야 하느냐?"

궁극적으로 이루려는 것은 깨달음, 이를 위해선 우리 육신을 움직이는 마음, 즉 수레가 아니라 소를 때려야 한다는 의미이다.

혜능 스님에 의해 1단계가 크게 열린 禪宗선종은 도일 스님에 의해서 완전히 동아시아 불교의 주류가 된다. 그전까지만 해도 선종은 큰 절의 더불살이 신세를 면하지 못했다. 혜능 스님의 법손인 도일 스님에 이르러 비로소 '동아시아 선의 황금시대'가 펼쳐진다.

—— 18 ——
당나라 시인, 와인을 마시다
將進酒

將進酒
장 진 주

琉璃鐘　琥珀濃
유 리 종　호 박 농

小槽酒滴真珠紅
소 조 주 적 진 주 홍

烹龍炮鳳玉脂泣
팽 룡 포 봉 옥 지 읍

羅屏繡幕圍香風
라 병 수 막 위 향 풍

吹龍笛　擊鼉鼓
취 용 적　격 타 고

皓齒歌　細腰舞
호 치 가　세 요 무

況是青春日將暮
황 시 청 춘 일 장 모

桃花亂落如紅雨
도 화 란 락 여 홍 우

종 모양 유리잔 호박 색깔 진한 술,

작은 술통엔 빨간 진주 술 방울,

용 삶고 봉황 구우니 구슬 기름이 울고,

두른 병풍 비단장막 香風이 감싸네.

불어라 용 피리, 울려라 악어 북,

노래하라 皓齒 歌女야, 춤을 춰라 細腰 舞女야,

하물며 이 푸른 봄날 해도 이내 저물고,

복사꽃도 붉은 비 되어 어지러이 떨어지는데~

勸君終日酩酊醉　여보게! 종일토록 마시고 흠뻑 취해보세.
권 군 종 일 명 정 취

酒不到劉伶墳上土　무덤 속 劉伶에겐 술 한 잔 권할 수도 없다네.
주 부 도 유 령 분 상 토

이 시는 '술 권하는 노래'다. 당시 가운데 이백과 더불어 권주가의 쌍
벽을 이루는 시가 바로 李賀이하의 〈장진주〉다.

특이한 것은 시인이 당시로서는 구하기가 매우 힘들었을 포도주를
유리잔에 마셨다는 점이다.12 시인은 이 때문에 술잔을 '鐘종'에 비유하
면서 (종을 거꾸로 엎으면 술잔 모양이 된다) 시를 시작한다.

琉璃鐘　琥珀濃　유리종　호박농

琉璃 유리 glass

琥珀 호박(보석)

濃 농 짙다, 진하다

지금은 유리가 흔한 시대이지만, 과거엔 금보다 유리가 더 구하기 힘
들던 시절이 있었다.

호박13은 보석의 일종으로 빛깔은 황금색이다. 영화 '쥬라기공원'을

---

12 우리나라에서도 경주의 황남대총에서 유리잔이 발굴되어 국보로 지정된 바 있지만, 신라에서 만
들어진 것이 아니고 페르시아에서 전래된 것으로 추정하고 있다.

13 호박은 고대의 송진이 화석처럼 굳은 것으로 광물이 아니지만 보석으로 취급된다. 이 때문에
3,000만 년 전 곤충이 들어 있는 경우도 있다. 호박(琥珀)이란 단어는 고대 사람들이 호랑이가 죽으
면 그 영혼이 돌이 된다고 생각한 것에서 유래하였다. 영어표기는 Amber.

보면 호박 속에 갇힌 곤충에서 뽑아낸 DNA로 공룡을 복제해서 살려내는 이야기가 나오는데, 여기서 알 수 있듯 호박은 고대의 나무 수액이 굳어져서 생긴 보석이다.

小槽酒滴真珠紅　소조주적진주홍
槽 조　술통, 구유, 물통
滴 적　(물방울이) 떨어지다
眞珠 진주　pearl

작은 술통[小槽소조]에 들어있는 술이 똑똑 떨어진다. 시인은 그 똑똑 떨어지는 술의 방울을 진주에 비유했고 '紅홍'으로 붉은 포도주를 표현했다.

포도주는 원래 페르시아 혹은 그리스에서 마시는 술이라 동양 사람들은 포도주의 존재도 몰랐다. 당나라 때 서역과 교역을 하면서 처음으로 유리잔과 포도주가 들어온 것이다. 시인은 이 신기한 술을 작은 술통에서 똑똑 떨어지는 빨간색 진주라고 표현했다.

烹龍炮鳳玉脂泣　팽룡포봉옥지읍
烹 팽　삶다
炮 포　(통째로)굽다
烹龍炮鳳 팽룡포봉　용을 삶고, 봉황을 굽다
玉脂 옥지　옥기름

泣 읍 울다

유리잔에 포도주를 따랐으니, 다음엔 안주가 있어야 한다. 이때 나온 안주가 바로 용과 봉황이다. 용은 삶고, 봉황은 구워냈다.

여기서 용과 봉황은 상징적 표현이다. 용은 물에 잠겨있는 생선 중 가장 귀한 잉어를 의미한다. 잉어를 용에 빗댄 것은 신화 때문이다. 황하의 상류에 협곡이 있다. 이 협곡은 가파르고 물살이 빨라서 보통의 물고기는 이를 통과할 수 없다. 어쩌다가 한두 마리 특출난 잉어가 튀어 올라 통과하여 용이 된다는 것이 登龍門등용문의 전설이다. 잉어를 용에 비유하는 것은 이러한 전설을 배경으로 한다.

'포봉'은 봉황을 구웠다는 뜻이다. 실제 봉황은 없으니 아마 꿩이나 닭을 구웠을 것이다.[14] 용을 삶고 봉황을 구웠더니 옥기름[玉脂] 즉 옥구슬 같은 기름이 똑똑 떨어진다.

羅屛繡幕圍香風 라 병 수 막 위 향 풍

羅 라 펼치다

屛 병 병풍(대신 幃 휘장 위를 쓰기도 한다)

繡 수 수놓다

幕 막 장막

圍 위 둘러싸다, 에워싸다

---

14 지금도 '용봉탕'은 주로 잉어와 닭으로 만든다.

지금까지 안주를 잘 차렸다. 하지만 이것만으론 분위기가 살지 않는다. 그래서 병풍을 친다. 시의 표현대로라면 1차 병풍이 있고, 2차로 막이 더 있다. 아주 촘촘하고 세밀하게 짜인 비단으로 병풍을 두르고, 그밖으로는 장막을 드리운다. 이 장막은 비단보다 두껍고 정교한 자수가 새겨져 있다.

그런데 여기에 은은하게 향내가 둘러싸고 있다. 술을 제대로 마시려면 이렇게 여러 가지로 공을 들여 분위기를 만들어야 한다.

여기까지 시인은 우리 몸의 다섯 가지 감각기관을 총동원하고 있다. 시각적으로는 투명한 호박색과 홍색을 배치한다.[15]

소리가 들린다고 표현하지는 않았지만 '진주홍' '옥지읍'이라는 표현을 통해 뭔가 똑똑 떨어지는 소리를 청각적으로 표현하고 있다. '향풍'이라는 말로 독자의 후각을 자극하고 용봉탕으로 미각을 건드린다.

吹 龍 笛　擊 鼉 鼓　취 용 적　격 타 고

笛 적　피리

擊 격　치다, 두드리다

鼉 타　악어(악어의 모습을 그대로 그린 글자)

鼓 고　북

---

15 같은 빨간 계통의 색이지만, 적赤과 홍紅은 구분된다. '적'은 검붉은 색에 가까운 반면, '홍'은 선홍빛이다. 와인은 선홍빛이라 시에서도 적赤 대신 홍紅을 썼다.

용피리 소리가 흐르니 악어가죽으로 만든 북소리가 울린다는 뜻이다. 즉 술자리 세팅의 마지막 단계인 밴드에 대한 구절이다. 피리를 龍笛용적이라고 표현한 것으로 보아 용 모양이 조각된 피리이거나, 혹은 피리 소리를 용의 울음에 빗대었을 수 있다.

皓齒歌　細腰舞　호치가　세요무

皓 호　희다, 밝다.　丹脣皓齒(단순호치: 붉은 입술과 흰 이)

細腰 세요　가는 허리

舞 무　춤추다

이제 노래가 나와야 한다. 노래를 부르는 가수는 미녀를 상징하는 '단순호치'를 가진 여자다. 여자 가수가 꾀꼬리 같은 목소리로 노래하고 춤을 추는데 그녀의 허리가 버들가지처럼 가늘다. 요즘 표현으로 개미허리라고 할 수 있다.

미의 선호도는 시대마다 바뀌었다. 한나라 때는 가는 허리를 가진 여인을 미인으로 꼽았다면, 당나라 때는 풍만한 여인을 아름답게 여기는 풍조가 있었다. 대표적으로 양귀비가 포동포동한 미인이다.

況是青春日將暮　황시청춘일장모

況 황　하물며

暮 모　저물다

桃花亂落如紅雨　도화 란 락 여 홍 우
桃花 도화　복사꽃
亂 란　어지럽다

복사꽃이 떨어지는 모습을 시인은 붉은 비 쏟아진다고 표현했다. 바
람이 살랑살랑 부는데 밑으로 그냥 떨어지는 것이 아니고 어지럽게 떨
어지고 있다.

勸君終日酩酊醉　권 군 종 일 명 정 취
勸君 그대에게 권하다
酩 명　술 취하다
酊 정　술 취하다
醉 취　술 취하다

술 권하는 노래답게 '술에 취한다'라는 뜻의 세 글자를 연달아 붙였
다. 술에 취하고 술에 취하고 술에 취하고.

우리가 일상어로 많이 쓰는 단어 중에 '終日종일'이 있는데 이를 한
자 원문 차원에서 그대로 해석하면 훨씬 더 맛이 구체적으로 살아난
다. '終종'은 마치는 것, '日일'은 태양을 의미하기 때문이다. 종일은 즉
해가 떨어지는 것이다. 이렇게 하루를 끝낼 때까지 취해가는 과정이
'명정취'다.

酒不到劉伶墳上土　주부도유령분상토

劉伶유령 **사람 이름**[16]

墳분 **무덤**

마지막에 시인이 소환한 사람은 '유령'이다. 유령은 먼 옛날 술 없이 못 살았다는, 유명한 전설의 술꾼이다. 유령이라는 분한테 한 잔 권하고 싶지만, 지금은 무덤 속에 있으니 권할 수도 없다. 그러니 살아 있을 때 미루지 말고 마시자는 의미이다.

시를 읽다 보면 취한다

시인은 기본적으로 '있을 때 먹자'는 관점을 취한다. 이 청춘의 시간은 금방 저문다. 젊어서는 금방 세월이 간다는 걸 못 느끼고 오히려 시간이 안 간다고 답답해하지만, 알고 보면 그때가 바로 생의 황금기이다.

하물며 이 푸른 봄도 곧 저물어 갈 텐데 왜 즐기지 못하나. 지금이 인생의 '찬란한 봄날'이다. 그러니 권한다. 나중에 돌이켜 보면 바로 그때가 내 인생의 황금기였다.

이 시는 시상을 확장해 나가는 고혹적 기술을 보여준다. 술잔으로 시

---

16 천하의 술꾼으로 유명한 사람 이름. 竹林七賢죽림칠현 가운데 한 명.

작한 시상을 잡아서 점점 넓혀 나가는 솜씨가 진하게 흘러간다. 시를 따라가다 보면 감정의 변화도 출렁인다. 시상을 따라가면서 느끼는 감정 변화가 너무 급격하다.

고혹스럽다가도 어느 순간 눈물까지 난다. 나는 이 시를 보며 "너무 웃다 보면 슬픔에 도달한다"라는 찰리 채플린의 명언을 떠올렸다. 그의 영화를 보면 정신없이 웃다가 어느 순간 인간 존재의 근원적 슬픔에 도달한다. 그게 코미디다.

그렇게 이 시는 우리를 술 한잔 마시지 않고도 취하게 한다.

李賀이하 (790~816)

이백이 詩仙시선, 두보가 詩聖시성, 왕유가 詩佛시불이라면, 李賀이하는 詩鬼시귀로 불린다. 그의 시는 사람이 지은 시가 아니다 하여 붙여진 별명이다.

이하는 中唐중당 시기를 살았지만, 晚唐的만당적 詩風시풍을 내세웠다. 색채감이 풍부한 감각적 시를 지었고, 또한 염세적이고 냉랭한 시선으로, 幽鬼유귀를 많이 다루었다. 그는 불과 27세의 젊은 나이로 요절했는데 이렇게 독특하고 찬란한 시를 쓴 시인은 지금까지도 희귀하다. 우리나라 시인 중에서 이하와 가장 비슷한 시인을 꼽으라면 '이상'을 꼽을 수 있다. 이상의 시는 이해하기가 쉽지 않다.

전형적인 시가 아니다. 파격의 연속이다. 한 행의 글자 수도 들쑥날쑥하다. 생소한 글자도 많다. 한마디로 이하 시인의 특징을 잘 담고 있는 시 중의 하나이다.

19

한 서린 피가 천년을 흐르네
秋來

秋 來
추 래

가을이 왔다

桐風驚心壯士苦
동 풍 경 심 장 사 고

오동에 이는 바람에 놀라 장부 마음 괴롭고,

衰燈絡緯啼寒素
쇠 등 락 위 제 한 소

스러지는 등불 아래 베짱이 울음 차고 쓸쓸하다.

誰看青簡一編書
수 간 청 간 일 편 서

그 누가 봐주랴, 푸른 죽간에 엮어 놓은 책 한 권,

不遣花蟲粉空蠹
불 견 화 충 분 공 두

좀 벌레 슬어 공연히 먼지가루 되지 않게 해줄까?

思牽今夜腸應直
사 견 금 야 장 응 직

시름이 꼬리를 무는 이 밤, 창자도 곧추서는데,

雨冷香魂弔書客
우 랭 향 혼 조 서 객

찬비 속에 향내나는 魂이 글쟁이를 위로한다.

秋墳鬼唱鮑家詩
추 분 귀 창 포 가 시

가을 무덤 속 귀신이 鮑照포조의 시를 노래하고

恨血千年土中碧
한 혈 천 년 토 중 벽

천 년 세월 한 서린 피 흙에 맺혀 푸르러라~

桐風驚心壯士苦　동 풍 경 심 장 사 고

桐 동　오동(제일 먼저 단풍이 들고 가을 바람에 떨어지는 나무)

桐 風　오동나무에 부는 가을바람

壯 士　장한 뜻을 가진 사람. 여기서는 시인 자신을 말한다.

오동나무에 가을바람이 부니 내 마음이 깜짝 놀란다. '벌써 가을이
네!' 장한 뜻을 갖고 살아온 사나이임에도 불구하고, 내 마음속에 아픔
이 온다. '또 훌쩍 세월이 가버렸구나. 가을이 벌써 왔구나!' 하는 생각
에 괴롭다.

衰燈絡緯啼寒素　쇠 등 락 위 제 한 소

衰 燈 쇠 등　가물 가물한 등

絡 緯 락 위　베짱이. 풀벌레.

啼 제　울다(풀벌레나 새 등이 울 때 이 글자를 쓴다).

사그라드는 등불 아래 베짱이 울음마저 차갑고 쓸쓸하다. 내 마음이
괴롭기 때문이다.

誰看靑簡一編書　수 간 청 간 일 편 서

誰 看　그 누가 봐주랴.

簡 간　대쪽 종이가 발명되기 전까지는 대나무를 쪼개어 죽간에 글
을 썼다. 이 죽간을 이어 붙이면 책이 됐다. 죽간은 돌돌 말아서 보관

하기 때문에 죽간의 단위는 '卷 권'이다. 말아 놓은 개수를 가지고 한 권, 두 권 센다. 지금도 이때의 흔적이 남아 책의 단위는 권이다.

編 편 엮다

푸른 죽간[靑簡]에 내가 엮어 놓은 글. 이 글은 자기가 쓴 것을 이른다. 나는 뛰어난 재능이 있지만 주변 사람의 시기 때문에 출세의 길이 막혔다. 과거도 볼 수 없었다. 결국 자기 존재를 증명할 수 있는 유일한 길은 글, 특히 시를 쓰는 것뿐이다.

살아 있는 동안 할 일이라고는 대나무 죽간에 한 편의 시를 남기는 것뿐이다. 하지만 한편으로는 이 시를 누가 봐줄까. 내 마음의 진심을 누가 알아줄까, 하는 생각이 든다. 요컨대 '그 누가 봐주랴, 푸른 죽간에 엮어 놓은 책 한 권' 이런 뉘앙스다.

不 遣 花 蟲 粉 空 蠹 불 견 화 충 분 공 두

遣 견 보내다

花 蟲 꽃을 갉아먹는 곤충

粉 분 가루 : 쌀(米)이 나눠지면(分) 가루가 된다

蠹 두 좀벌레

이하는 자기가 절실하게 남긴 글과 시를 꽃에 비유하고, 꽃같이 아름다운 시들을 갉아먹는 좀 벌레를 花蟲화충이라 했다. 내가 남긴 시들을 화충들이 야금야금 갉아먹다가 끝내 먼지가루로 만든다. 내 시를

누가 봐주랴 하다가 봐주기는커녕 좀 벌레 먹어서 흔적도 없이 사라지 듯 내 자신의 존재가 그렇게 사라져 버리는 건 아닐까. 부질없어 한다.

思牽今夜腸應直 사견금야장응직
牽견 끌다 (견우牽牛는 소를 끄는 목동)17
思牽사견 생각이 나를 끌고 가다
腸應直장응직 창자가 곧추서다

억울하고 답답한 일을 당해 극도의 스트레스를 해소하지 못했을 때 창자(腸)가 곧추서는 듯한 육체적 현상이 일어난다. 생각이 절실하여 끌려가다 보니 급기야 이런 일이 벌어지는데 얼마나 간절했으면 내 마음으로 조절할 수 없는 장이 곧추섰을까.

雨冷香魂弔書客 우냉향혼조서객
弔조 조문하다
書客서객 글 쓰는 나그네. 여기서는 이하 본인이다.

찬비가 내리고 향내 나는 넋(魂)이 서객을 조문한다. 앞 행의 맥락에서 서객은 자신을 의미했으니, 시인은 스스로 무덤 속에 넣고 시를 쓴 셈이다.

---

17 織女직녀는 베 짜는 여자를 의미한다.

아무도 나를 알아주지 못할 줄 알았는데 누군가가 찾아온다. 찬비 내리는 쓸쓸한 가을밤에 향혼이 나를 찾아와 조문한다. 오싹한 느낌이 든다.

秋墳鬼唱鮑家詩　추분귀창포가시

秋墳　가을 무덤

鮑　포 성씨

가을 무덤 속에서 귀신이 창을 한다. 자기가 무덤에 들어가 있고 거기에 향혼이 찾아왔으니, 둘이 시를 주거니 받거니 한다. 鮑家포가는 남조시대 송나라 시인 鮑照포조를 뜻한다. 그는 취향이 이하와 비슷했다. 이하가 포가를 인용한 이유는 그가 아마도 자신과 가장 비슷하다고 여겼기 때문이었을 것이다. 이런 맥락에서 앞 행의 향혼은 포조의 혼이라고 해석할 수도 있다.

恨血千年土中碧　한혈천년토중벽

恨血　한 서린 피

土中碧 토중벽　(주나라의 장홍이 蜀촉에서 억울하게 죽자 그의 피를 그릇에 담아두었는데, 3년 후에 푸른 옥으로 변했다 -『장자』)

흔히 아름다운 바다를 에메랄드빛 바다라고 하는데 碧(푸를 벽)이 바로 에메랄드빛을 의미한다. 중국인들은 玉옥 가운데 가장 좋은 옥을 碧玉벽옥이라고 한다.

土中碧토중벽, 한 서린 피[恨血]가 천 년 동안이나 흙 속에서 박혀 푸른 옥빛이 되었다니, 그 한의 맺힘이 참으로 얼마나 처절하였는지 짐작이 된다.

뛰어난 재능을 갖고 있지만, 불우했던 천재가 얼마나 자기 인생에 대해서 깊이 한이 맺혔으면 이런 시를 썼을까 하는 생각이 절로 든다.

李賀이하

다소 괴팍함이 묻어나는 이 시 역시 이하의 작품이다. 이하의 시에는 자주 쓰이지 않는 글자들이 자주 나오고, 표현도 오싹오싹하다.

20

술도 없이 추억에 취하다
錦瑟

錦瑟
금 슬

錦瑟無端五十弦
금 슬 무 단 오 십 현

一弦一柱思華年
일 현 일 주 사 화 년

莊生曉夢迷蝴蝶
장 생 효 몽 미 호 접

望帝春心托杜鵑
망 제 춘 심 탁 두 견

滄海月明珠有淚
창 해 월 명 주 유 루

藍田日暖玉生煙
남 전 일 난 옥 생 연

此情可待成追憶
차 정 가 대 성 추 억

只是當時已惘然
지 시 당 시 이 망 연

금슬은 갑자기 오십 현 되어

일현 일주가 내 꽃다운 시절 생각나게 하고

장자가 말한 나비의 꿈에 미혹되어

망제는 춘심을 두견에게 의탁했네

큰 바다에 달 밝으면 진주는 눈물 흘리고

날 따뜻하면 옥에서 연기가 나듯이

세월 가면 추억이 될 줄 알았는데

그 때 이미 망연해진 것들을.

봄날의 아스라한 분위기에 절로 취하게 하는 시이다.

'금슬이 좋다'고 할 때 琴(거문고 금)과 瑟(가야금 슬)을 쓴다. 두 악기의 소리가 조화를 이루듯이 사이가 좋다는 뜻이다.

하지만 이 시의 제목인 금슬은 錦(비단 금)과 瑟(가야금 슬)을 써서 '비단으로 예쁘게 장식된 가야금'을 뜻한다. 자기보다 먼저 간 아내를 비유하는 표현이다.

거문고는 중국의 일곱 줄짜리 琴금을 고구려의 왕산악이 개량해서 나온 악기로, 연주하는 방법은 술대를 이용해서 줄을 켜는 방식을 택한다. 음색이 어둡고 음역이 낮아 남성적인 악기라고 볼 수 있다. 반대로 여성적인 악기라고 할 수 있는 것이 가야금[瑟]이다.

錦 瑟 無 端 五 十 弦 금 슬 무 단 오 십 현
錦 금 비단
瑟 슬 가야금
端 단 끝, 실마리
絃 현 악기줄
無 端 무 단 단서가 없다, 아무 이유가 없음.

금슬이란 악기는 별 이유 없이 50현이나 된다는 정도의 뜻이다. 실제 줄이 50개나 되는 악기가 있을까 싶지만, 50현에 비유한 것으로 봐서 아내와 사별한 지 제법 됐을 것으로 짐작할 수 있다. 50개의 현 한 줄 한 줄에, 사연 하나 하나가 담겨있다는 비유다. 얼마나 사무치는 비유인지 모르겠다. 한 줄 켤 때마다 다른 소리가 나는 다채로운 음악처럼 옛날 추억들이 악기의 한 줄, 한 줄마다 모두 다르게 다가오는 지독한 그리움이다.

一 弦 一 柱 思 華 年　일 현 일 주 사 화 년
柱 주　기둥
華 화　화려하다
華 年　꽃다운 시절

왕가위 감독의 영화, 花樣年華화양연화에 양조위와 장만옥 배우가 나온다. 여기서 화양연화의 뜻은 내 생애 가장 아름답고 꽃피던 시절이다.

시인은 줄 하나를 '一弦일현'으로 표현하고, 기러기발은 '一柱일주'로 표현했다. 줄 하나 하나, 雁足안족 하나 하나에 담긴 그 시절을 돌이켜 보니 화양연화였더라. 즉 가야금의 줄과 다리가 모티브가 되어 생생하게 기억이 떠오른다는 얘기다.

莊 生 曉 夢 迷 蝴 蝶　장 생 효 몽 미 호 접
莊 生 장 생　장자의 이름
迷 미　헤매다
蝴 호　나비
蝶 접　나비

이 행에는 장자의 胡蝶之夢호접지몽(나비의 꿈) 고사[18]가 동원된다. 시인은 아내와의 시간을 장자의 꿈에 빗대어 본다. 그대와 지냈던 아련한 시절이 나비의 꿈과 같은 것이었나, 아니면 아련한 새벽에 꿈속에서 그냥 헤매는 건가.

望帝春心托杜鵑 망 제 춘 심 탁 두 견

望 망 **바라다**

帝 제 **황제**

托 탁 **부탁하다**

직역하자면 "망제가 춘심을 두견새에 의탁했다"라는 뜻이다. 이 행은 촉나라[19] 望帝망제의 고사를 알아야 이해가 된다. 촉나라의 황제 '두우'라는 사람이 있었는데 제호를 망제라 했다. 이 망제가 별령이라는 사람의 흉계에 빠져 결국 황제 자리를 빼앗기게 되었다. 별령이 자신의 예쁜 딸을 망제에게 바쳐 환심을 산 뒤, 궁중의 대신들을 매수해서 자신이 왕위에 오른 것이다.

황제의 권력을 순식간에 빼앗긴 망제는 그 분함과 억울함을 삭이지

---

18 하루는 장자가 나비가 되는 꿈을 꾸었는데, 훨훨 날아다니다 보니 너무 기뻐서 자신이 나비가 아니라 장자라는 것을 알지 못했다. 그런데 갑자기 잠에서 깨어나 보니 다시 장자가 되었다. 장자가 꿈에서 나비가 된 것일까, 나비가 꿈에서 장자가 된 것일까? 이런 생각을 갖게 되었다는 것이 호접지몽의 고사다.

19 여기서 촉나라는 삼국시대의 유비가 세운 촉나라가 아니다. 한나라 이전에 존재했던, 춘추전국시대의 촉나라를 말한다.

못한 채 죽었는데 그 후로 못 보던 새가 대궐에 날아와 울기 시작했다. 촉나라 사람들은 그 모습을 보며 망제의 한이 서려 우는 것이라고 했고 그 새를 망제의 넋이 환생한 새라는 뜻으로 두견이라 불렀다.

두견새는 소쩍새, 접동새라고도 부르는데 봄날에 가장 처량한 소리를 낸다. 두견새가 밤새 울며 토해낸 피 울음에 젖어 꽃잎이 붉게 물든 꽃이 바로 두견화-진달래다.

滄海月明珠有淚　창 해 월 명 주 유 루
藍田日暖玉生煙　남 전 일 난 옥 생 연
滄海 창 해　큰 바다
珠 주　구슬 (바다에서 나는 진주에 비유)
淚 루　눈물
藍田 남 전　중국의 지명으로 좋은 옥이 생산되기로 유명한 지역
暖 난　따뜻하다

저 너른 바다에 환한 달이 뜰 때 진주가 눈물을 똑똑 흘리고, 옥이 많이 나는 남전에 햇살이 따뜻하게 비치니, 옥에서 아스라한 안개가 몽실몽실 피어오른다는 뜻이다. 상상만 해봐도 실로 아름다운 풍경이다.

여기에도 얽힌 고사가 있다. 오나라 왕 부차의 딸 자옥이 18세에 한중이라는 사람과 결혼하려 했다. 하지만 신분 차이로 아버지는 결혼을 반대했다. 결국 딸은 죽어 옥이 되었고, 따뜻한 날에 안개처럼 사라져 버렸다.

이 행에서 시인은 자기 아내를 너른 바다의 진주로 비유하고 남전의 옥으로 표현하기도 한다. 왜 그럴까? 사별한 아내는 볼 수도 없고, 잡을 수도 없기 때문이다. 결국 죽은 아내를 이렇게 詩句시구로 남길 수밖에 없다. 이 시를 읊다 보면 나도 모르게 몽롱해진다.

此情可待成追憶　차 정 가 대 성 추 억

此情차 정　이 마음

可 가　가히

待 대　기다리다

可待　기약할 수 있다

追 추　따라가다

憶 억　생각하다

이러한 정, 세월 가면 언젠가 이것도 추억이 되겠지. 추억이란 늘 떠오르는 게 아니고 어떤 계기에 무단히 떠오르는 것이다. 내가 헤매는 이 마음도 언젠간 추억이 되겠지.

只是當時已惘然　지 시 당 시 이 망 연

只 지　다만

已 이　이미

惘 망　아득하다

只是當時已 지 시 당 시 이　추억이 되기도 전, 그 당시에 이미.

그때 이미 마음이 아득했다는 뜻이다. 가슴 아픈 구절이다. 우리의 추억은 잊히는 게 아니다. 망연과 추억 사이를 왔다 갔다 하는 것이다.

李商隱이상은 (812~858)

'이상은'은 당나라의 관료, 정치인이다. 아내와 일찍 사별했는데 부인을 잊지 못해 평생 재혼을 하지 않고 살았다. '금슬' 외에도 아내를 생각하는 많은 시를 남겼다.

이상은이 살았던 시기는 당이 저물어 가던 때, 즉 만당기였다. 나라가 저물어 갈 때의 분위기는 탐미적이고 퇴폐적이다. 이상은은 이러한 시풍의 대표적인 주자이다. 唯美主義유미주의 경향이 강한 것으로 평가받는다.

700년대 초반, 성당기를 대변하는 시인이 이태백, 왕유와 두보라면 만당기를 대표하는 시인으로는 杜牧두목과 이상은이 꼽힌다.

관료로서는 불우했지만, 그의 시는 이미 살아 있을 때부터 높은 평가를 받았다. 백거이가 만년에 "내가 죽으면 이상은의 자식으로 태어나고 싶다"라는 얘기를 했을 정도다.

7언 8행, 즉 율시이다. 4행이면 칠언절구가 되지만, 8행이니까 칠언율시다. 율시의 중요한 규칙은 2, 4, 6, 8의 라임을 맞추는 것이다. 그런데 칠언율시에서는 1행도 각운을 맞춘다. 즉 1, 2, 4, 6, 8행의 라임을 맞춘다. 1행의 끝 글자 '현', 2행은 '년', 4행은 '견', 6행은 '연', 8행은 '연'으로 맞췄다.

중국인이 부르는 어버이 은혜
游子吟

游子吟 유 자 음	길 떠나는 아들의 노래
慈母手中線 자 모 수 중 선	자애로운 우리 엄마 손바느질 실올은,
遊子身上衣 유 자 신 상 의	길 떠나는 아들 몸 입힐 옷이 된다네.
臨行密密縫 임 행 밀 밀 봉	여행길에 한 땀 한 땀 꿰매신 뜻은
意恐遲遲歸 의 공 지 지 귀	행여라도 더디 올까 근심 때문이라네.
誰言寸草心 수 언 촌 초 심	손가락 한 마디 풀의 효심을
報得三春暉 보 득 삼 춘 휘	온 봄날 따사로운 볕에 어찌 비기랴~

이 시는 집을 떠나면서 어머니와의 헤어짐을 아쉬워하는 아들의 마음을 읊은 내용이다. 다시말해 일종의 思母曲사모곡인 이 시는 중국의

유치원생부터 고등학생까지 어버이날이 되면 '유자음 낭송대회'를 할 정도로 중국인들에겐 친숙한 시다.

시인은 왜 어머니와 헤어지게 됐는가. 시인 맹교는 어떤 기록에는 40세 넘어 진사에 급제했다고 되어있고, 어떤 기록에는 46세에 합격했다고 나온다. 이로 미루어 보건대 몇 번이나 과거 시험에 떨어지고 한참 늦은 나이에 합격했음을 알 수 있다. 아마도 그 긴 뒷바라지를 어머니가 다 했을 것이다. 그래서 아들 역시 효성이 지극할 수밖에 없었다.

이때 자식을 떠나보내는 어머니의 마음은 어떨까? 아들이 벼슬을 받았으니 좋기도 하지만 멀리 떠나보내려 하니 불안함과 아쉬움도 함께 밀려오는 모순된 심정이 어머니의 마음이다.

어머니는 떠나가는 아들을 위해 옷을 하나 지어주는데 주야로 정성스럽게 옷을 만들면서도 언제 또 아들을 만날 수 있을까, 걱정이 앞선다.

시인은 어머니께 드릴 게 없다. 단지 자신의 마음을 시를 써서 표현할 뿐이다. 언젠가 이별이 오겠지만, '어머니 살아 계신 게 행복이구나'라는 자식의 효심이 담겨있다.

慈母手中線　자모수중선
慈 자　자애롭다
線 선　줄
慈母 자모　자애로운 우리 어머니
手中線 수중선　손바닥 가운데 실

불교의 핵심 사상 중 하나가 자비심, 즉 慈자와 悲비이다. 이 둘은 비슷하지만, 맥락과 뉘앙스가 다르다. 悲비는 슬프다는 뜻으로 悲心비심은 불쌍히 여기는 마음, 동정심이다. '慈心자심'도 기본적으론 애틋하게 여기는 마음이지만, 불쌍히 여기는 마음이라기보다 따뜻하게 품는 마음이다. 거칠게 표현하면 비심은 나보다 좀 안 돼 보이는 이에게 품는 마음이고, 자심은 내 마음을 온전히 다 비워서 상대방과 함께 나누는 마음이다. 그래서 부모님 앞에는 '자애(慈愛)로우신'을 붙인다.

그런데 사람은 기본적으로 자심과 비심 가운데 자심을 갖기가 어렵다. 우리의 마음을 들여다보면 그 이유를 알 수 있다. 우리는 깊은 자기 잠재의식 속에 상대방을 무시하는 마음이 같이 있다. 일종의 비심이다. 그러나 자심은 '남을 시기하고 질투하는 마음'이 없어야 만들어질 수 있다. 나보다 잘된 사람을 보고 배 아파하지 않고 완전히 내 기쁨처럼 느낀다면 그것이 바로 '자심'이다. 이 마음은 자식을 향한 부모한테서만 나오는 마음이다.

우리는 자심을 내기가 참 어렵다. 사돈이 땅을 사면 배 아프지 않기가 힘들다. 정직하게 자기 마음을 들여다보고 수행으로 극복하려 해도 힘든 문제다.

遊子身上衣 유 자 신 상 의

游 유 놀다

遊子 유 자 길 떠나는 자식 / 놀려면 집을 떠나야 한다. 따라서 집
　　　　　떠나는 자식이다.

身上衣 신 상 의 몸에 걸치는 옷

자애로운 엄마의 손바닥에 있던 실이 내 몸에 걸치는 옷으로 바뀌는 순간이다.

　臨行密密縫　임 행 밀 밀 봉
　臨 임　임하다, 임박하다
　臨行　곧 떠나다
　密 밀　빽빽하다
　密密　촘촘함
　縫 봉　꿰매다

내일 아침이면 곧 떠날 자식의 옷을 만드는 어머니의 바느질이 한 땀한 땀, 촘촘하게 이어진다.

　意恐遲遲歸　의 공 지 지 귀
　恐 공　두려워하다
　遲 지　더디다
　歸 귀　돌아오다

여기서 '意의'는 어머니 마음이 어떠할까, 헤아려 보는 것이다. 어머니의 심정은 한마디로 모순된다. 바느질하는 마음은 꼼꼼하지만, 한편으로는 아들과 지금 헤어지면 언제 돌아오려나 두렵다. 자기 자식을 또 언제 볼 수 있으려나, 걱정이 많다. 빨리 자식을 다시 보고 싶은데 행여나 늦게 돌아올까 두렵다. 보고 싶은 사람을 기다릴 때는 시간이 느릿느릿 가기 마련이다.

誰言寸草心 수언촌초심
誰 수 누구
誰言 누가 말했나
寸 촌 마디
寸草心 촌초심 한 마디 풀의 마음

寸草心촌초심은 시인이 자기 마음을 빗대어 표현한 것이다. 시인이 어머니를 생각하는 마음이 기껏해야 풀 한 마디 정도에 불과하다.

報得三春暉 보득삼춘휘
報 보 갚다
得 득 얻다
暉 휘 빛나다
報得 보득 어찌 갚으랴

겨우 풀 한마디의 마음으로 어찌 어머니의 마음인 '三春暉삼춘휘'를 갚을 수 있겠는가, 하는 한탄이다.

여기서 '삼춘휘'란 세 번의 봄을 뜻한다. 봄은 초봄, 중간 봄, 늦봄 이렇게 셋으로 구분할 수 있다. 봄의 첫 달은 孟春맹춘이다. 孟맹은 처음, 맏이라는 의미이다. 중간봄은 仲春중춘, 늦봄은 季春계춘이다. 季계는 마지막이라는 의미이다.

결국 삼춘은 온 봄을 말한다. 겨울을 벗어나서 봄 햇살이 비칠 때부터 봄이 끝날 때까지 만물을 소생시키고 따뜻하게 해주는 모든 봄기운, 그것이 바로 어머니의 존재다. 한 마디 풀의 마음으로 맹춘, 중춘, 계춘을 모두 담아내는 따뜻한 어머니의 마음을 어떻게 보답하겠는가, 라는 마음이다.

이 시는 만인의 공감을 얻어서 중국인들이 지금까지 어버이날에 애송하는 대표적인 시다. 읽어도 읽어도 식상하지 않다.

맹교 (751~814)

진사에 급제한 뒤 慄陽縣율양현의 縣尉현위가 되었으나, 직무는 돌보지 않고 거의 매일 교외로 나가 술과 시로 세월을 보내다가 적발되어 봉급이 반으로 깎이자 사표를 던졌을 정도로, 호방한 성격의 소유자였다고 한다.

만년에 이르러서는 어머니에 대한 효성이 극진하였고, 시에 대한 집착도 매우 강해서 글자 하나 하나에, 고심에 고심을 거듭하는 '苦吟고음의 시인'으로 불리기도 했다. 현재 570여 수가 전해진다.

이 시는 절구나 율시가 아니다. 사행시 절구로 끝날 수도 있었겠지만 아무래도 뒤의 두 줄(5행과 6행)을 맹교가 꼭 넣고 싶었던 것 같다. 그렇게 두 행을 늘리는 바람에 그냥 古詩고시로 분류한다. 古詩고시이지만 한 행이 다섯 글자라서 '오언고시'다.

22

나그네, 시름도 새롭다
宿建德江

宿建德江 [20]
숙 건 덕 강

移舟泊煙渚
이 주 박 연 저

日暮客愁新
일 모 객 수 신

野曠天低樹
야 광 천 저 수

江淸月近人
강 청 월 근 인

건덕강에 묵으며

안개 낀 강기슭에 배를 대니

날이 저물면 나그네 걱정이 새로워진다

들판은 넓어서 하늘이 나무로 내려온 듯하고

강 속의 달은 밝아 사람에게 다가온 듯하다

---

20 중국 어린이들이 시 공부 할 때 하나의 전범(典範)으로 삼는 작품이 〈등관작루〉와 〈숙건덕강〉이다.

인생은 나그네 길

이 시의 테마는 客객이다. 가수 최희준 선생의 노래 가운데 '인생은 나그네 길'이라는 가사가 있는데 정확히 이에 관한 시이다. 시인은 단 스무 글자로 너무나 그윽하게 나그네의 시름을 표현했다.

지금은 자동차, 배, 비행기 등으로 못 갈 곳이 없지만, 옛날에는 높은 산이 길을 막고 있으면 이동이 너무나 힘들었다. 이 때문에 당나라 때만 하더라도 무엇보다 강 위를 떠가는 배가 중요한 교통수단이었고 여행자들은 강가에서 숙박하는 경우가 많았다.

나그네의 길이란 어떤 길일까? 나그네는 항상 새로운 시름에 잠겨 사는 존재다. 시인은 이 작품에서 '시름마저 새롭다'라고 말한다.

하지만 동시에 나그네는 객의 시선을 갖는 존재다. 일방적인 내 중심의 관점이 주관主觀이라면 객관客觀은 손님의 관점으로 보는 것이다. 즉 나그네 입장이 되어 거꾸로 나를 비추어 보는 것이 객관화다. 그래서 우리는 가끔 나그네가 될 필요가 있다.

移 舟 泊 煙 渚　이 주 박 연 저
移 이　옮기다
移 舟 이 주　배를 옮기다(숙박하기 위해 강가에 배를 정박시키는 것)
泊 박　머물다
煙 연　연기, 안개
渚 저　물기슭

배를 옮겨 놓은 다음 숙박하는데, 물기슭에 안개가 끼어 있다. 문장으로 표현되지는 않았지만, 배를 정박시킨다는 것으로 봐서 하루 중 저녁임을 알 수 있다. 전기가 없던 옛날엔 해가 완전히 떨어져서 사방이 컴컴해지면 배를 정박하는 데 어려움이 많았다. 따라서 어스름할 때 반드시 배를 강기슭에 묶어 놓아야 한다. 시의 배경은 바로 이 시간대이다. 곧 해가 질 것 같은 시간이라 사물이 보이기는 해도 어렴풋이 보이는 그런 분위기이다. 요컨대 배를 옮겨 두고 안개 낀 강기슭에서 하룻밤을 묵는다는 의미이다.

日暮客愁新 일 모 객 수 신
暮 모 저물다
日暮 일 모 날이 저무는 저녁 무렵
愁 수 시름
新 신 새로운

新신, 이 글자가 시의 반전을 담당하는 글자다. 문맥 그대로 보면 나그네의 시름이 '새로워진다'라는 뜻이다. 사람의 시름은 늘 똑같은 것 같지만, 알고 보면 항상 새로워진다. 한 가지 걱정이 해결되면 또 다른 시름이 찾아온다. 우리의 인생살이가 늘 그렇고, 늘 그런 것 같아도 늘 같지는 않다는 뜻이다.

곧 해가 지려는 참에 하룻밤 묵을 곳은 잡았지만, 안도의 마음도 잠시 나그네 시름은 새롭게 깊어만 간다. 그때 시인은 들판을 바라본다.

野曠天低樹　야광천저수

野 야　들

曠 광　밝다, 탁 트이다

배를 정박시키고 밖을 바라보니 벌판이 확 트여 있다[曠]. 해가 지고 있는데 희미하게 나무가 보인다. 그런데 벌판이 확 트여 있으니, 하늘이 낮게 보인다. 자신은 새록새록 시름이 깊어 가는데, 무심코 벌판을 봤더니 저 멀리 떨어진 나무에 하늘이 낮게 드리워져 있다.

江淸月近人　강청월근인

해가 지면 달이 뜨게 마련이다. 그런데 환하고 밝은 달은 강물에도 들어가 있다. 강기슭에 정박해 있는 내가 보기엔 너무 맑고 환한 달이 바로 내[人] 앞에 가까이[近] 있다. 너무나 맑은 강 위에 달이 뜨니 손으로 그냥 잡을 수 있을 것 같은 느낌을 줄 정도다.

하늘을 봐도 달이 환하고, 강이 맑아 강물 속에 비친 달도 너무나 선명하고 맑다. 하늘과 강 위에 각기 떠 있는 두 개의 달 중 하나는 나와 너무 가까이에 있다.

여행과 관광의 차이

〈숙건덕강〉은 맹호연 시인이 실제로 나그네가 되어 떠돌다가 지은 시이다. 우리는 이 시를 보며 '객'이 한번 되어 볼 필요가 있다.

현대에 와서 旅行여행과 觀光관광은 별 차이 없이 사실상 혼용되고 있다. 하지만 어원상으로는 양자의 의미가 다르다. 여행과 관광의 차이는 무엇일까? 둘 다 집을 떠난다는 점에서는 같지만 무엇을 위한 떠남인가? 에 따라 양자는 구별된다.

관광은 觀(볼 관), 光(빛 광)을 써서 '빛을 보러 가는 것'인 반면, 여행은 旅(나그네 려)를 쓴다. 즉 어쩔 수 없이 집을 떠나는 것이다.

예를 들어 비싼 돈을 들여 비행기 타고 로마에 간다면 관광이다. 유적지를 돌아다니며 선조들이 남긴 명승고적, 즉 빛나는 역사의 흔적을 보는 것은 이기 때문이다.

하지만 여행은 다르다. 현재와 달리 과거의 여행은 매우 힘들고 어려운 행위였다. 지금은 교통수단이 발달해 이동의 불편함이 없지만, 과거엔 집을 떠나는 것 자체로 고생의 시작이었다. (나그네와 가장 가까운 뉘앙스의 영어단어는 homeless다. 일정하게 머물 거처가 없이 떠돌아다니는 사람이다.)

그래서 나그네는 쉽게 말해 고행의 상징이었다. 인생이 '나그네 길'이라는 것은 그만큼 힘든 시간이라는 의미를 담고 있다.

'여행'은 군사의 징발 같은 나라의 동원령 때문에 떠나는 것을 말한다. 옛날 사람들이 자기 집을 떠나는 경우 중에 제일 고통스러운 것은 남자가 징집되어 군대 가는 것이었다.

군대의 조직 단위로 軍團군단, 師團사단 외에 旅團여단이 있다. 여기서 '여단'이 旅(나그네 려)를 쓴다. 그 기원이 여기에 있다. 군에 징집될 때, 혼자 가기보다는 무리를 지어 함께 가는데 여기서 여단의 어원이 등장한다.

旅(나그네 여)의 갑골문.
군대 깃발 아래 사람들이 줄지어 가는 모습이다.

孟浩然맹호연

맹호연은 동아시아에서 가장 유명한 맹씨-맹자의 후손이다. 맹호연이 자기 이름을 浩然호연으로 지은 이유는 맹자가 '浩然之氣호연지기'를 말했기 때문이다. 가히 맹자의 후손다운 작명이다. 浩(클 호)는 바다처럼 넓고 넓은 기운을 표현한 글자이고, 然(그러할 연)은 어떤 상태를 의미한다. 호연은 좁쌀같이 작은 마음이 아니고, 바다 같이 넓은 기세를 가져야 한다는 뜻이다.

맹호연은 이름처럼 호연지기의 삶을 살고 싶었다. 하지만 그의 삶은 그렇지 못했다. 국가고시에 합격하지 못했기 때문이다.

하지만 내면의 자부심만큼은 누구보다 컸다. 이름을 호연으로 지었을 정도로 맹자의 후손이라는 긍지가 컸다. 어려서부터 절개와 의리가 넘쳤고 어려움에 처한 사람 돕기를 좋아했다고 한다.

그러나 과거급제는 전혀 다른 문제였다. 운도 따라야 하고 집안 배경도 필요했다. 맹호연은 고향에서 공부에 힘쓰다가 40세쯤에 長安장안으로 올라와 진사 시험을 쳤으나, 낙방하자 다시 고향으로 돌아가 은둔생활을 했다. 그는 일생 벼슬을 구했지만, 관직을 얻지 못하고 실제로는 산림에 은거하다시피 살았다.

결국 맹호연은 자신이 재능을 보였던 詩시 쓰기로 뜻을 펼칠 수밖에 없었다. 그는 산림에 은거하면서도 당대의 고위직들과 왕래했고 시인 왕유, 이백 등과 시를 통해 교류했다. 특히 이백과 교분이 두터웠다.

맹호연은 이백이 가장 존경했던 시인으로 알려져 있다. 이백은 701년에 태어났고, 맹호연은 689년에 태어났으므로 맹호연이 이백보다 12살 많은 선배다. 서로 교류가 두터운 것도 아무래도 과거 시험에 합격하지 못한 동병상련이 있었기 때문일 것이다.

이 시는 한 행이 다섯 글자이고 4행으로 이루어진 오언절구이다. 2행의 마지막 글자 新신과 4행의 마지막 글자 人인으로 라임을 맞췄다.

사서와 삼경에 대하여

조선 시대에 우리 조상들이 과거 공부하면서 달달 외웠던 책들이 있다. 바로 四
書三經사서삼경이다. 經경으로 분류한 것이 3권, 書서로 분류한 것이 4권이란
말인데 '서'는 경보다 한 등급 낮은 책이라고 할 수 있다. 그러면 경과 서는 어떻
게 구분할까. 쉬운 구분점이 있다. 삼경은 공자 이전의 책이고, 사서는 공자 이
후의 책이다.

三經삼경

공자가 태어날 때 이미 책이 있었다. 물론 당시는 종이가 발명되기 전이라 종이
책이 아닌, 죽간에 적힌 텍스트였다. 공자가 했던 결정적인 역할은 난잡하게
흩어져 있던 여러 죽간 중에 가르침이 될 만한 것만을 추려서 교과서를 만든
것이다. 공자의 작업물 중에 크게 세 가지 범주의 교과서가 있었는데 그것이 삼
경이다.

삼경의 첫 번째는 『주역』이다. 원래는 易經역경이지만, 주나라 때 만들었다 해
서 주역이라고 불린다. 하지만 일반명사로는 그냥 "易(바꿀 역)"이다. 주역은 세
계를 음양이라는 두 개의 축을 바탕으로 64괘 384효를 만들어 미래를 예측할
수 있는 지침으로 삼았다.

역易에 대해서 유럽 사람들은 'The book of changes'로 번역했는데 여기서
주목할 것은 changes, 즉 복수형을 썼다는 점이다. 서양의 시선으로 볼 때 '역'
이라는 개념에 대해 정확한 번역은 '변화' 즉 change인 것이다. 여기서 알 수

있듯이 역은 변화에 관한 책이다.

그런데 역이 실용적으로 쓰인 분야는 바로 점치는 분야였다. 우리는 왜 점을 칠까? 미래가 불안하니까 점을 친다. 뭔가 답답하고 고민이 있다는 것을 의미한다. 왕의 가장 큰 고민은 다른 나라 혹은 다른 부족과의 전쟁 문제였다. 전쟁에서 이기면 대박이지만, 지면 완전히 목숨까지 잃을 수 있기 때문이다. 따라서 과거 국가권력은 전쟁하기 전에 반드시 점을 쳤다.

그래서 역 이전에 점에 관한 여러 책이 있었는데 공자가 이 책을 종합해서 잘 엮어낸 것이다. 허접한 점술에 해당할 수도 있는 내용들이 공자가 구슬을 꿰놓으니까, 차원이 다른 격조 높은 천리의 변화에 관한 책이 되었다.

두 번째는 『書서』다. 공자가 요순임금으로부터 주나라에 이르기까지 정사(政事)에 관한 문서를 수집, 편찬한 책이다.
그 옛날, 평민들은 글자를 알지 못했다. 글자를 남겼던 사람은 모두 권력층 즉 왕이다. 따라서 『書서』는 왕들에 관한 기록이다. 이때 왕이 직접 했던 말을 documentary라고 했다. 『서경』 역시 과거 왕들이 했던 말과 기록들을 공자가 잘 정리하고 해석을 붙여 교과서로 채택한 것이다.

세 번째는 『詩經시경』이다. 시는 일종의 노래다. 시경 역시 공자가 저술한 게 아니라 편찬한 책이다. 주나라 초기부터 춘추시대에 이르기까지 전해져 오던 시들 중에서 교본으로 삼을 만한 좋은 노래 300개를 뽑아 편집하고 해석을 붙였다. 시경에는 정확히 303수의 시가 있는데 이를 두고 그냥 '시 삼백'이라 하기도 한다.

四書사서

'사서'는 무엇일까? 사서는 논어, 맹자, 대학, 중용이 꼽힌다. 그런데 이 책들은 공자가 만든 책이 아니다. 공자 사후, 오랜 시간이 지난 후에 그 후예들이 정리한 책이다.

『論語논어』는 공자의 어록이고, 『孟子맹자』는 맹호연의 선조인 맹자의 언행을 제자들이 기록한 책이다. 『中庸중용』은 공자의 손자인 子思자사가 지은 것으로, 본래는 《예기》의 한 편이었는데 북송 시대에 사서로 편입되었다. 『大學대학』은 자사 또는 증자의 저서라는 설이 있다. 이 책 또한 본래 《예기》의 일부분이었는데, 후에 朱子주자가 교정을 보아 현재의 형태가 되었다.

23
남자는 가을을 탄다
秋朝覽鏡

秋朝覽鏡
추 조 람 경

가을 아침, 문득 거울을 보니

客心驚落木
객 심 경 락 목

나그네 심정, 떨어지는 낙엽에 놀라

夜坐聽秋風
야 좌 청 추 풍

밤새 앉아 가을바람에 귀 기울인다.

朝日看容鬢
조 일 간 용 빈

아침 햇살에 얼굴과 귀밑에 난 털 비춰보니

生涯在鏡中
생 애 재 경 중

살아온 삶이 거울 속에 오롯이 들어있구나

남자는 가을을 타고, 여자는 봄을 탄다

남자도 갱년기가 있다고 한다. 가을 타는 남자의 존재가 그렇다. 낙

엽 떨어지는 모습을 보면 '또 가는구나, 올해는 내가 뭘 했나?' 하는 생각이 절로 난다.

생명의 진화과정에서 여성은 아기를 잉태하고 길러야 하는 역할을 맡았기 때문에 탄생에 민감하다. 봄이라는 소생의 계절이 오면 봄바람을 탄다.

반면, 남자라는 존재는 허당이다. 생동하는 느낌보다는 '허무함'을 느끼는 경우가 많다. 가을이 오면 '내 인생이 무엇을 했나?' 싶은 생각에 허무함을 느낀다.

〈추조람경〉을 쓴 시인이 정확히 그렇다. 시인은 가을 아침에 출근하기 위해 거울을 보다가 깜짝 놀랐다. 그리고 문득 시상이 떠올라서 시를 지었다.

가을 아침에 거울을 보며

한밤중, 가을바람에 귀 기울이고 있는 이 남자는 지금 가을을 심하게 타고 있다. 가을 타는 남자의 마음은 여성의 갱년기에 못지않다. 오히려 더 가라앉고 종종 심하게 우울해지기도 한다. 나뭇잎 떨어지는 소리에 화들짝 놀라 밤새 잠을 못 이루고, 가을바람 소리만 듣고 있을 정도니 할 말 다 했다.

다음날 쉬는 날이라면 밤 한번 새우는 것이 대수가 아닐지 모르지만, 설직 시인은 동이 트자마자 거울을 보며 출근 준비를 해야 한다. 이백이나 맹호연 같은 분은 백수건달이지만 설직은 진사 시험에 합격했으니 다르다.

그런데 관을 쓰려면 귀밑머리 털을 가지런히 해야 한다. 거울을 보며 귀밑머리 털을 정리하던 시인은 문득 자신이 살아온 모습이 눈에 보인다. 가만히 보니 내 살아온 전부가 거울 안에 들어있다.

사람은 나이 사십이 되면 자기 얼굴에 책임을 져야 한다는 말이 있다. 꼭 사십이 아니더라도 중년의 어느 시점에는 내가 어떻게 살아왔는가가 분명히 비친다. 더할 것도 없고 뺄 것도 없는 삶의 전반, 그것은 '생애'라는 말에 함축된다.

내 얼굴은 누가 만드나? 우리는 서로가 서로의 얼굴을 만들어 준다. 더할 것도 뺄 것도 없는 생애에서 나의 얼굴은 나의 주변 사람들, 나를 둘러싼 나의 사람들이 만든다. 내 친구들이 나의 거울이다.

아마도 이 남자는 불어오는 가을바람을 견디지 못하는 것 같다. 가을이 느껴지니, 마치 나그네 시름과도 같은 복잡하고 울적한 마음을 느낀다. 하지만 시인은 결국 멋진 시를 쓰며 그 마음을 달랬다. 그래서 이 시는 간명하지만 울림이 있다.

윤동주의 거울

'거울' 하면 떠오르는 시인으로 윤동주가 있다. 그는 1917년, 러시아 혁명이 있던 해에 태어나 광복을 불과 6개월 앞둔 날에 서른여덟 살의 나이로 일본 감옥에서 죽었다.

그가 스물네 살에 지은 시의 제목이 〈참회록〉이다. 이제 24살, 젊은 청춘의 나이에 무슨 참회할 일이 있을까 의아하지만 시인의 감성은 남달랐나 보다. 윤동주는 가슴 절절한 참회의 시를 남겼고 그 참회의 대상은 거울이었다.

懺悔錄 참회록

윤동주

파란 녹이 낀 구리 거울 속에
내 얼굴이 남아있는 것은
어느 왕조의 유물이기에
이다지도 욕될까.

나는 나의 懺悔참회의 글을 한 줄에 줄이자.
— 滿만 이십사 년 일 개월을
무슨 기쁨을 바라 살아왔던가.

내일이나 모레나 그 어느 즐거운 날에
나는 또 한 줄의 懺悔錄참회록을 써야 한다.
— 그 때 그 젊은 나이에

왜 그런 부끄런 告白고백을 했던가.

밤이면 밤마다 나의 거울을
손바닥으로 발바닥으로 닦아 보자.

그러면 어느 隕石운석 밑으로 홀로 걸어가는
슬픈 사람의 뒷모양이
거울 속에 나타나 온다.

당 태종의 3가지 거울

'당 태종'은 자신에게 세 개의 거울이 있다고 했다.

"내게는 정사를 하면서 나를 비추어 보는 세 가지 거울이 있다. 나의 용모를 비춰
주는 '銅鑑동감'이 그 하나이고, 나의 정치를 돌아보게 만드는 역사의 거울, '史鑑사
감'이 그 둘이고, 나의 언행을 바로잡아 주는 사람의 거울, '人鑑인감'이 그 셋이다."

첫째 물질적 거울인 청동거울을 본다는 것은 자신의 衣冠의관을 다
듬기 위한 것이다. 자신의 외모를 들여다보며 흐트러짐 없이 단정하게
하는 거울이 그 하나이다.
두 번째 역사의 거울로 흥망성쇠의 이치를 깨달을 수 있다. 오늘 내

가 잘못을 범하지 않도록 지나간 사람들의 발자취와 교훈을 龜鑑귀감
으로 삼고자 하는 역사의 거울이다.

세 번째는, 가까이 있는 사람을 나의 거울로 삼는 것이다. 다른 사람
을 보면서 따라 하지 않도록 조심하거나 본받아 그대로 행동하는 것이
다. 나 자신과 내 가족, 나라의 흥망도 마찬가지다. 스승의 존재는 좋은
면을 보여주는 사람이지만 나쁜 면을 보고도 선생으로 삼을 수 있다.
다시 말해 사람을 거울로 삼으면 자신의 득실을 알 수 있다.

〈추조람경〉은 客객으로 시작한다. 하지만 이 시는 집을 떠나서 지은
시가 아니라 아침에 거울을 보며 자신의 인생살이에 대해서 성찰하는
내용이다. 객으로 자신을 표현한 이유는 거울에 비친 자기 모습을 스
스로 객관화하기 위함이다.

客 心 驚 落 木　객 심 경 락 목
客 心　나그네 마음
覽 람　보다
驚 경　놀라다

가을날 아침, 청동 거울을 보다가 나뭇잎이 떨어지는 게 비치자 '아~
가을인가?' 하며 화들짝 놀라는 상황이다.

馬(말 마)의 갑골문 원형.
긴 머리와 갈기 등이 표현되었다.

朝日看容鬢　조일간용빈

朝日 아침 동이 트다

看간 보다

鬢 빈 귀밑머리

容鬢 용빈 얼굴과 귀밑에 난 털

夜坐聽秋風　야좌청추풍

夜坐 밤에 앉아서

聽秋風 청추풍 가을바람을 듣는다

生涯在鏡中　생애재경중

涯애 물가

在재 있다

生涯생애라는 말은 한 글자씩 뜯어서 새겨보면 뜻이 더욱 선명하게 느껴진다. 涯애는 해안의 절벽을 의미한다. 왜 이 글자를 썼을까? 생애를 영어식 시제로 표현하면 현재완료형이라고 할 수 있다. 과거로부터 쭉 이어져 지금까지 온 현재 상태 즉 태어난 순간부터 지금까지의 전부, 그것이 생애다.

그래서 비슷한 뜻이지만 一生일생보다 생애란 말이 훨씬 더 풍부한 느낌을 준다. 단어 자체가 詩시적 감성을 담고 있다.

갱년기에 접어든 당나라 시대의 관리가 가을 잎 떨어지는 소리에 화들짝 놀라 거울을 비춰보며 '生涯在鏡中생애재경중'이라고 외치는 모습은 상상만으로도 뭔가 묘한 공감대를 일으킨다.

薛稷설직 (649~713)

무측천 시기에 진사에 급제한 후 예부상서 등을 역임하다가 무측천 시대가 끝난 후 권력투쟁의 와중에 옥중에서 사망했다. 서예에 뛰어나 초당시기 四大사대 서예가 가운데 한 사람으로 꼽힌다.

稷직에 대하여

본문에는 나오지 않지만, 시인의 이름에 쓰인 稷(기장 직)은 역사적, 자연적, 문화적 의미가 크다. 사극을 보면 '종묘 社稷사직'이라는 말이 자주 등장하는데 여기에 이 글자를 쓴다. 사직에서 社사는 토지의 신, 稷직은 곡식의 신을 의미한다. 사직의 '社사'란 사회 society를 말한다. 제사를 지내려면 사람들이 모두 모여야 하기 때문이다.

왕조시대에는 궁을 중앙에 두고 좌측에 종묘, 우측에 사직을 지었다. 종묘는 왕의 조상을 모셔놓은 곳이다. 왕의 입장에서 나라의 근본은 자기 뿌리인 조상들과 만민이 먹고살기 위한 땅과 곡식이다. 이 둘을 합친 개념이 '종묘+사직'이다. 이 때문에 지금도 서울 경복궁의 좌우로 종묘와 사직이 배치되어 있다.

이 시는 '오언 사행시' 즉 오언절구다. 짝수 행의 마지막 글자, '風풍'과 '中중'으로 라임을 맞추었다.

24

가을 해가 봄의 아침을 이긴다
秋詞

秋 詞
추 사

가을 노래

自 古 逢 秋 悲 寂 廖
자 고 봉 추 비 적 료

예로부터 가을오면 슬프고 쓸쓸하다지만

我 言 秋 日 勝 春 朝
아 언 추 일 승 춘 조

내사 가을볕이 봄날 아침보다 좋아라~

晴 空 一 鶴 排 雲 上
청 공 일 학 배 운 상

맑은 하늘 학 한 마리 구름 밀고 날아올라

便 引 詩 情 到 碧 霄
변 인 시 정 도 벽 소

이내 나의 詩興을 푸른 하늘로 끌어 올린다

맑고 푸른 가을 분위기가 담백하게 우러나는 이 시는 많은 이들이 가을을 읊은 시 중에 최고로 꼽는 작품이다. 한마디로 유우석 시인의 명품이다.

自古逢秋悲寂廖 자고봉추비적료
自 자 스스로
自古 옛날로부터
逢 봉 만나다, 맞이하다
寂廖 고요하고 쓸쓸하다

我言秋日勝春朝 아 언 추 일 승 춘 조
勝 승 이기다, ~보다 낫다

사람들은 가을이 오면 쓸쓸하다 하지만, 나는 아니라고 말한다. 가을 해[秋日]가 봄의 아침[春朝)]을 이긴다[勝]는 말은 우리 인생에 대한 비유다. 해가 쨍쨍한 가을, 빨간빛으로 잔뜩 물든 시간이 싱싱한 봄날의 아침보다 더 낫다는 뜻이다.

이 말은 두목의 시 〈山行산행〉 중에 '霜葉紅於二月花 상엽홍어이월화'라는 구절을 생각나게 한다. 서리 낀 단풍잎이 2월의 봄꽃보다 더 붉다는 뜻이다.

晴空一鶴排雲上 청 공 일 학 배 운 상
晴空 맑디 맑은 가을 하늘
排 배 밀어젖히다

맑디맑은 푸른 가을 하늘을 학 한 마리가 구름을 밀어젖히고 날아오른다. 새 중에 가장 우아하다고 할 수 있는 학 한 마리가 심지어 구름을 밀고 올라간다. 시인은 자신을 학에 비유했다.

便引詩情到碧霄　변 인 시 정 도 벽 소
便 변　이내, 곧바로, 문득
碧 벽　푸르다
霄 소　하늘

벽소는 푸르디푸른 하늘을 뜻한다. (지리산 고개 중에 유명한 벽소령이 있다.) 내 마음을 하늘로 올리려면 학 한 마리에 나를 비유할 수밖에 없다. 나는 못 올라가지만, 나의 시심만큼은 저 벽소까지 날아갈 수 있다.

어떻게 하면 가을바람이 불어와 단풍이 곱게 물들어도 쓸쓸함이나 외로움에 시달리지 않고, 그 속에서 혼자만의 즐거움을 찾을 수 있을까? 삶에서 만나는 나와 다른 세계들을 밀어내지 말고 공감하고자 노력하면 인생이 깊어진다. 그러다 보면 다른 사람에 대한 배려도 늘어나고 시간의 흐름을 쓸쓸함으로 느끼기 보다는 새로움으로 받아들일 수 있는 힘도 키울 수 있다.

劉禹錫유우석 (772~842)

유우석은 중당시대 시인으로 안록산의 난(755~763) 이후에 태어났다. 안록산의 난은 잘 나가던 당나라를 크게 휘청거리게 만든 사건으로 이의 수습과정에서 양귀비가 죽음에 이른다. 안록산이 쳐들어오자 당 현종이 양귀비와 함께 도망을 가는데 호위하던 병사들이 국가적 혼란을 초래한 주범인 양귀비를 처단하도록 요구하자 현종은 어쩔 수 없이 환관을 시켜 양귀비가 자결하도록 한다. 이렇게 나라가 크게 한번 휘청거리면 예전의 영광을 찾기 힘들어진다.

깨어있는 젊은 엘리트들은 나라를 새롭게 재건하고자 정치개혁운동을 하지만 대개의 경우 성공률은 매우 낮다. 뜻있는 인물들은 대체로 죽임을 당하거나 유배를 간다. 결국 유우석과 동지들도 그런 운명을 겪었던 사람들이다.

백가이 등과 더불어 '新樂府運動 신악부운동'이라는 새로운 문학운동을 펼치기도 했던 유우석은 결국 자기가 펼치지 못한 뜻을 시로 표현하는 데 만족해야 했다.

아주 빼어난 칠언절구이다. 칠언 사행시.

---
25 ---
나 혼자 논다, 별장에서
終南別業

終南別業
종 남 별 업

中歲頗好道
중 세 파 호 도

중년에 들어 자못 도를 좋아하여

晚家南山陲
만 가 남 산 수

늙어서야 남산 기슭에 집을 지었네.

興來每獨往
흥 래 매 독 왕

기분 내키면 늘 홀로 나서니

勝事空自知
승 사 공 자 지

아름다운 경치는 나 홀로 알 뿐이네.

行到水窮處
행 도 수 궁 처

가다가 물이 끝나는 곳에 이르러

坐看雲起時
좌 간 운 기 시

앉아서 피어오르는 구름을 바라보네.

偶然值林叟
우 연 치 임 수

우연히 나무하는 노인을 만나

談笑無還期
담 소 무 환 기

웃으며 얘기하느라 돌아갈 줄 모르네.

終南종남은 당나라 수도 장안의 남쪽에 있는 산의 이름으로, 別業별업은 별장을 뜻한다. 즉 종남별업은 '종남산에 지은 별장'이란 뜻이다.

시인 왕유는 벼슬살이하면서 半僧半俗반승반속의 생활을 했다고 한다. 몸은 관직에 담고 있었으나 마음은 늘 산속에 가서 도를 닦고 공부하는 쪽에 있었다. 이 때 필요한 것이 별장이다.

시는 왕유가 장안에서 관료로서 직장생활을 하며 근처의 남산에 별장을 지어 놓고 수시로 오가는 모습을 보여준다. 시인은 요즘으로 치면 별장에 처박혀 혼자서 공부하고 명상하는 즐거움을 누린다. 일종의 당나라판 '나홀로 산다'이다.

중년 이후 道도 닦는 즐거움을 터득한 시인이 종남산에 아담한 별장 하나 지어 놓고, 거기 가서 흥이 날 때마다 혼자 좋은 경치를 즐기며 남이 알든 모르든 자기의 삶을 담담하게 혼자 즐기는 모습이 눈에 보이는 듯하다.

이렇게 혼자 있어도 시간 가는 줄 모르게 재미있고, 같이 있어도 또한 어울림으로 즐거운 삶이 강한 삶이다.

中歲頗好道 중세파호도
頗 파 자못, 꽤, 상당히

왕유(王維) 시인은 어찌 보면 상당히 성공한 인물이다. 당의 번성기에 고위 관직을 역임해 생활도 안정적으로 누리면서 동시에 나름 '도'를 닦는 가치 추구의 삶도 여유롭게 누렸기 때문이다.

보통 절에 들어간 스님들은 속세와 인연을 끊고, 벼슬길에 오른 사람들은 도가적인 가치를 꿈꾸지 않는다. 두 가지를 동시에 추구할 수 있는 사람은 많지 않다. 그런데 시인 왕유는 경제적 안정과 도가적인 가치 추구를 둘 다 실현하고 있으니 마치 양손에 떡을 들고 있는 모습이다.

晚家南山陲　만가 남산 수
晚 만　늦다
陲 수　근처, 부근, 산기슭

늘 관리로 생활하고 있지만, 道도 닦는 것을 좋아해서 느지막한 나이[晚]가 되어 집을 지었다[家]. 家가는 명사로는 '집'이란 뜻이지만 동사로 쓰이면 '집을 짓다'라는 뜻이 된다. 南山남산 기슭에[陲] 집을 지었으니 그 별장이 종남별업이다.

왕유가 지은 이 별장이 지금까지 남아있을 리 없다. 하지만 짐작건대 소박하게 지었고, 자기 집보다는 주변 경치가 훨씬 더 좋았을 것이다. 지금이라면 주 5일 근무니까 금요일 오후면 종남별업에 가서 혼자 고독을 즐기지 않았을까 싶다.

興來每獨往　흥래 매 독 왕
每 매　언제나

흥이 올라오면 그때마다 사립문 열고 집 밖으로 홀로[獨] 나간다.

勝事空自知 승 사 공 자 지

勝 승 이기다, 뛰어나다

空 공 쓸데없이, 공연히

여기에 쓰인 勝승은 이긴다는 뜻이 아니라 빼어나다는 의미이다. 명승고적이라고 할 때 이런 맥락으로 쓰인다. 별장 밖으로 나가면 빼어난 경치[勝]가 있다. 따라서 勝事승사는 경치를 즐기는 일이다. 이 경치를 즐기려면 빠른 걸음이 아니라 느릿한 걸음이어야 한다.

空공은 남이 알거나 모르거나 그냥 혼자 무심히, 이런 느낌이다. 스스로 알기 때문에 '空공'자를 썼다.

自知자지, 누가 알아주는 게 아니고 스스로 안다는 것이다.

行到水窮處 행 도 수 궁 처

行 행 걷다

到 도 이르다

窮 궁 다하다

걷다가 걷다가[行] 水窮處수궁처에 도착[到]했다는 뜻이다. 시인이 나긋나긋 좋은 경치를 구경하면서 걷다가, 마침내 샘물이 졸졸 솟아나기 시작하는 곳까지 이른다.

수궁처는 '물이 끝나는 곳'이기도 하고, 동시에 '물이 시작되는 곳'이기도 하다. 왜 그럴까? 窮궁의 의미와 맥락을 보면 이해할 수 있다. 窮궁은 동양사상의 핵심이다. '窮則通궁즉통'이란 말이 있다. 궁하면 통한다는 뜻이다. 우주 자연의 원리도 그렇고 인생살이도 그렇다. 시작이 끝이 되고, 끝이 새로운 시작이 된다. 식상하지만 졸업식 때마다 교장 선생님이 자주 하는 얘기이기도 하다. 특히 뭔가 일이 잘 안 풀릴 때, 앞뒤가 꽉 막혀 있을 때 떠올려 볼 만한 말이다.

坐 看 雲 起 時 좌 간 운 기 시
坐 看 앉아서 보다

가만히 앉아서 구름이 몽글몽글 피어나는 걸 바라보고 있을 때. 라는 의미다. 수궁처까지 갔으니 더 이상 갈 데가 없다. 이럴 땐 앉아야 한다. 끝이 시작이고 시작이 끝이기 때문이다. 앉아서 다시 주변의 경치를 감상한다. 얼른 일어나는 게 아니고 시간 가는 줄 모르고 가만히 앉아 있는 모습, 이를 명상에 잠겼다고 표현하기도 하고 불교식으로는 참선에 들었다고 할 수 있다.

왕유 시인은 공간과 시간의 대비를 시구로 잘 표현했다. 5행(행도수궁처)과 6행(좌간운기시)은 담백하고 빼어난 對句대구이다. '행도'는 움직이는 것이고, '수궁처'는 장소라서 움직이지 않는다. '좌간'은 움직이지 않는 것이고, '운기시'는 구름이 일어나 움직이는 것이다. '처'는 공간이고 '시'는 시간이다. 담백하지만 이 두 행의 對句대구가 읊으면 읊을수록 그럴듯하다.

偶然值林叟　우 연 치 림 수
値치　값
叟수　늙은이
林叟　숲에서 나무하는 노인

시인은 우연히 숲에서 나무하는 노인을 만났다. 우연偶然이라는 말에서 드러나듯 일부러 만난 것이 아니다. 자기 혼자 좋아서 산속 깊이 들어왔다가 구름 보면서 멍 때리던 중 나무하러 온 노인과 우연히 만났다. 그런데 노인이 숲으로 간 이유는 십중팔구 땔감을 구하거나 약초를 캐기 위함이다.

談笑無還期　담 소 무 환 기

만났으니 그냥 갈 수 없다. 담소를 나눴다. 담소라 하지만 노인의 보고들은 얘기를 다 들어주고 웃으면서 장단도 맞춰주고 세상사는 얘기를 나누며 웃고 떠들다가, 돌아가야 할 시간을 잊고 말았다.
담담하게 이 정도 경지에서 인생에 얽매이지 않고 살고 있다는 사실을 시로 표현했다. 이런 면모 때문에 왕유 선생을 시의 부처님이라 부른다.

왕유

〈종남별업〉이라는 시만 보아도 알 수 있듯이 그의 시에는 불교 철학의 영향이 물씬 풍겨난다. 이 때문에 시선(詩仙)이라고 불리는 이백(李白), 시성(詩聖)이라고 불리는 두보(杜甫)와 더불어 시불(詩佛)이라고 불린다.

이 시는 오언율시이다. 2, 4, 6, 8행의 끝 글자 '수-지-시-기'로 각운을 맞추었다.

—— 26 ——
좌절한 엘리트의 고뇌
枕上吟

枕上吟 (침상음)　　　베개맡에서 읊조리다

夜長憶白日 (야장억백일)　　　긴 긴 밤 빛나는 태양을 그리며

枕上吟千詩 (침상음천시)　　　베개맡에서 천 편의 시를 읊는다.

何當苦寒氣 (하당고한기)　　　이 추운 겨울 어찌 견디랴만

忽被東風吹 (홀피동풍취)　　　홀연 동풍이 불어온다

氷開魚龍別 (빙개어룡별)　　　얼음 풀리면 물고기와 용은 작별하리라.

天波殊路岐 (천파수로기)　　　큰 물결 일으키며 각자 길이 갈라지리니~

인간의 감각 중에서 제일 절실하고 구체적인 게 미각이다. 뭐가 됐든 좋은 건 '맛본다'라고 표현한다. 시도 맛본다고 하는데 그게 '吟味음미'다.

枕上吟 침상음
枕 침 베개

베개 위에서 읊조리다. 뭔가 밤잠 못 이루고 생각하는 느낌이 전해
진다.

夜長憶白日 야 장 억 백 일
憶 억 생각하다

밤이 길다[夜長]는 표현으로 보아 겨울밤에 대한 묘사로 읽혀진다.
겨울밤이 실제로 더 길고, 날씨도 추워 더 길게 느껴지기도 한다.

백일白日은 해 중에서도 하얀 해, 즉 쨍쨍하고 눈부신 해이다. 동틀
때와 해질 때는 불그스름한 모습을 볼 수가 있지만, 여름 한낮의 해는
눈부셔서 쳐다볼 수도 없다. 이를 白日백일이라고 한다. 길고 긴 깜깜
한 밤에 환할 때의 해를 생각하면서 선명한 대비를 보여준다.

이 한 구절로 시인의 심정이 어떤 상태인지 알 수 있다. 시인이 무슨
사연이 있는지 밤에 잠 못 이루고 뒤척거리다가 결국 베갯머리 위에서
시를 썼다. 뭔가 좌절한 엘리트들의 세계가 전해지는 듯하다.

枕上吟千詩 침 상 음 천 시
枕上 베개 위
吟千詩 천 편의 시를 읊조리다

잠 안 오는 길고 긴 밤에 이 사람은 시를 읊었다. 직관적으로 이 사람은 출세를 못 했을 것으로 보인다. 이런 분들이 출세에 성공했다면 좋은 시가 못 나왔겠지만 그렇지 못했기 때문에 그 구구절절한 심정이 시로 표현되었으니 참 아이러니한 일이다.

何當苦寒氣 하 당 고 한 기
何當 어찌 감당하랴

괴롭고 쓸쓸하고 추운 기운을 어찌 감당하랴.

忽被東風吹 홀 피 동 풍 취
忽 홀 갑자기
被 피 입히다

홀연히 동풍이 불어온다. 동풍은 따뜻한 바람이고, 계절로는 봄에 부는 바람이다. 이 괴롭고 추운 기운을 어떻게 감당할지 걱정했는데, 참고 견디니 홀연히 봄바람이 불어오는구나, 라는 정도의 뉘앙스다.

내가 세 번이나 본 영화가 있다. 〈쇼생크 탈출〉이다. 줄거리는 대략 이렇다. 은행 부지점장까지 하던 촉망 받던 주인공이 살해 혐의를 받아 종신형으로 쇼생크 감옥에 수감 된다. 주인공이 절망적인 상황 속에서도 희망을 버리지 않고, 그 안에서 재소자들의 신임을 얻어내고, 비공

식 회계사로 일하면서 교도소장의 검은돈까지 관리해 환심을 산다. 결국 벽을 조금씩 파나가면서 탈출에 성공한다.

이 영화에서 제일 기억에 남는 장면은 하수구에서 빠져나와 쏟아지는 비를 맞으며 양팔을 치켜드는 모습이다. 두고두고 잊히지 않는 그야말로 명장면이다. 춥고 긴 겨울밤을 지나 홀연히 동풍이 불어올 때의 심정이 바로 이때의 심정이 아닐까?

氷開魚龍別 빙 개 어 룡 별
氷 빙 얼음

얼음이 열린다[開]는 말은 깨진다는 뜻이다. 얼음이 깨지면 물고기와 용이 갈라진다. 여기서 용은 시인 자신이다. 다 같은 물고기 신세였다지만 자신은 용이 된다. 얼음이 누르고 있으면 용과 물고기가 서로 구별이 안 되고 용도 승천할 수 없지만, 동풍이 불어와 얼음이 깨지면 비로소 가지고 있던 잠재력이 폭발해 용처럼 승천한다는 자신감이다. 시인이 자기 심정을 이렇게 표현했다.

天波殊路岐 천 파 수 로 기
殊 수 다르다
岐 기 갈림길

승천하면 그 물결이 하늘까지 일어 길이 완전히 갈라지고 나는 드디어 용이 된다. 이는 중국의 등용문(登龍門) 스토리를 따온 것이다. 용은 원래 물에 사는 잉어였는데 폭포를 거슬러 올라가서 어떤 문을 지나 용이 된다.

이 시는 자기 나름대로 뜻도 있고 재주도 있으나 이를 세상에 펴지 못한 사람들을 위로하는 동병상련의 시이다. 아직 인생 끝난 것 아니고 언젠가 용 될 날이 있으니 더 참고 견디라는 위로의 내용이다.

賈島가도(779~843)

가도라는 시인은 '재주 많은 내가 왜 이렇게 출세의 길이 더딘가!' 하는 생각을 시로 읊었다. 결국 나중에(837년) 간신히 진사 합격을 했다.

30글자로 된 이 시는 절구도 아니고 율시도 아닌 오언고시로 분류된다.

— 27 —
잠 못 드는 밤, 시로 버틴다
不寢

不寢
불 침

잠 못 드는 밤

到曉不成夢
도 효 불 성 몽

새벽 되도록 잠들지 못하고

思量堪白頭
사 량 감 백 두

번뇌에 지쳐 흰머리가 버겁다.

多無百年命
다 무 백 년 명

백 살을 살지도 못할 거면서

長有萬般愁
장 유 만 반 수

만 가지 시름을 늘 이고 산다.

世路應難盡
세 로 응 난 진

세상일이란 일일이 다하기 어렵고

營生卒未休
영 생 졸 미 휴

하루하루 인생살이 죽어서야 쉰다네.

莫言名與利
막 언 명 여 리

명예와 이익일랑 말도 하질 마소.

名利是身仇
명 리 시 신 구

명예와 이익은 바로 이 몸의 원수라네.

이 시 역시 잠 못 이루는 바람에 읊은 시다. 〈침상음〉과 메타포, 함의하는 바가 비슷하다. 이 두 시를 비교해 보면서 읽어볼 만하다.

到曉不成夢　도효불성몽
到도　이르다
曉효　새벽
到曉도효　새벽이 될 때까지
不成夢불성몽　꿈을 이루지 못하다

시인은 '잠을 못 잤다'라고 하지 않고, '꿈을 이루지 못했다'라고 말한다. 시적 표현이다. 꿈을 꾸려면 반드시 자야 한다. 만약 잠을 못 잤다고 했을 경우 산문적인 표현이 되었을 것이다.

思量堪白頭　사량감백두
量량　헤아리다
堪감　견디다, 참다

두목은 50살을 넘기지 못했다. 흰 머리카락이 머리를 뒤엎어 白頭백두가 되었을 리가 없다. 밤에 꿈도 못 이루고 이 생각, 저 생각하다 보니 머리가 하얗게 되었을 것이다.

기-승-전-손익 계산이 인생

인간의 감정 상태가 매우 복잡한 것 같지만 결론은 둘 중 하나다. 좋은가와 싫은가, 즉 이득인가 손해인가.

사람이 밤잠을 못 자는 이유는 당나라 때나 지금이나 똑같다. 우리가 생각하고 마음 쓰는 것 중에서 제일 많이 고민하는 것이 숫자 세기, 즉 계산하는 마음이다. 어떤 일이 나에게 이익이 되는지 손해가 되는지 따지기 위해서다. 이를 '思量사량'이라고 한다. 정도의 차이가 있지만 보편적인 인간의 심리다.

어떤 것은 결론이 쉽게 나는데 어떤 것은 고민이 된다. 셈이 안 맞고 뭔가 정확하게 떨어지지 않으면 머리가 하얗게 되도록 고민한다. 결국 기-승-전-손익계산이 인생이다.

多無百年命 다 무 백 년 명
多無 거의 없다
百年命 백 년을 사는 사람

그런데 다시 생각해 보니 이렇게 잠 못 이루며 뒤척거리는 자신이 한심하다. 사람이 기껏 살아봐야 백 년도 못 살 거면서 이런 고민이나 하고 있다는 자각이 시에 묻어난다.

長 有 萬 般 愁 장 유 만 반 수
長 장 늘, 항상
般 반 가지(물건을 세는 단위), 너럭바위(반석)
萬 般 愁 만 갈래의 시름

기껏해야 백 년도 못 살 사람들이 만 갈래의 시름 덩어리를 안고 살아간다. 인생 참 어이없다.

[반석과 베드로]

예수를 제외하고 초기 기독교의 기반을 만든 분은 베드로와 바울 두 사람이다. 베드로는 예수를 직접 따라다녔던 제자였다. 하지만 바울은 제자도 아니었고 원래는 그리스도 교도를 박해하던 사람이었다. 그런 그가 사실상 기독교의 기반을 만들었다.

예수의 1호 제자 베드로는 내세울만한 지식이 없는 사람이었다. 충실한 믿음이 있더라도 지식이 없다면 주변 사람들의 공감을 얻기 어렵다. 같은 말이라도 하버드대 박사 학위를 갖고 말하는 것과 술자리에서 어지럽게 떠드는 것은 사람들이 받아들이는 게 다르기 때문이다.

베드로와 달리, 바울은 그 시대의 지식인이었다. 유대인의 가정에서 태어나 유대어는 기본이고 로마의 말도 유창하게 잘했다. 그리스 철학에도 정통했다. 당시는 그리스가 망하고 로마제국이 지배하던 시대였다. 유대인으로 예수에 대해서 잘 알면서 그리스 철학의 학문적 베이스가 있고 로마제국의 시민권까지 갖고 있던 독특한 인물이었다. (만약 바울 없이 열두 제자만 있었다면, 기독교가 성립하기 어려웠다고 할 수 있다.)

예수가 자신의 12사도 중 첫 번째 사도에게 지어준 이름, 베드로(Petrus)는 처음부터 사람 이름은 아니었다. 영어의 피터Peter, 독일어의 페터Peter, 프랑스어의 피에르Pierre, 러시아어의 표트르 등에서 알 수 있듯 지금은 베드로라는 이름이 전세계적으로 파생되어 있지만, 예수께서 베드로에게 처음 이 이름을 주실 때는 사람 이름이라기 보다는 큰 바위 혹은 반석이라는 뜻이었을 것으로 보인다. 헬라어 베드로는 페트로(petro)를 그대로 직역한 것인데 페트로는 큰 바위, 반석이란 단어의 앞에 붙는 접두사이기 때문이다.

예수는 자신이 이후 반석 위에 교회를 만들겠다는 말과 함께 베드로에게 베드로라는 이름을 주었다고 한다.

그래서 우리나라 교회 이름 중에는 베드로 교회와 반석 교회가 많다. 베드로 교회는 베드로라는 사도의 발음을 그대로 가져온 이름이고, 반석 교회는 베드로를 의역한 이름이다. 페트로는 큰 바위 중에서 탁자처럼 판판한 돌을 의미한다.

般반은 판판하다라는 뜻 외에 '가지(물건 세는 단위), 갈래'도 있다. 이 시에서는 '판판하다'라는 뜻이 아니라 '갈래'의 뜻으로 쓰였다.

世路應難盡 세로응난진

世路 세상을 겪어나가는 길, 인간 세상

세상살이가 요구하는 것에 내 몸과 마음을 맞춰주기[應]란 사실 너무 어려운 일[難盡]이다.

營生卒未休 영생졸미휴

未休 쉴 수 없다

인간은 끝날 때까지[卒] 쉴 수가 없다. 다시 말해 인간은 살다가 살다가 죽어서야[卒] 쉬는 존재이다.

사람마다 예외는 있겠지만 내일이나 모레 돌아가실 것 같은 분도 살고자 노력한다. 그렇게 끝까지 최선을 다해서 살아가는 것이 궁극적인 창조주의 뜻이다.

莫言名與利 막언명여리

莫言 말하지 마라

名與利 명예와 이익

우리가 추구하는 욕망인 부와 명예는 따지고 보면 부질없는 일이다. 그런데 왜 우리는 이것 때문에 밤잠 못 자고 고민하고 사는가라는 질문이다.

名利是身仇　명리시신구

仇구　원수, 적

시인은 결국 '名利명리가 이 몸의 원수[身仇]다'라는 구절로 결론을 맺는다. 꿈도 못 꾸고 새벽까지 머리가 셀 정도로 뒤척거리다 보니, 결국 내가 뭣 때문에 이러고 있는지 돌아보게 된다. 이때 그 돌아봄 끝에 발견한 원수 덩어리가 바로 명리다.

물론 우리는 생물체인 이상 생의 건강한 욕망을 버릴 수는 없고 버려서도 안 된다. 하지만 그렇다고 이에 지나치게 집착해서도 안 된다. 양자 사이에서 균형을 잡아야 한다. 공부란 끊임없이 이 양자 사이에서 균형을 적절하게 찾아가는 과정이다.

우리 선조들은 예전부터 명리가 자기를 사로잡아 괴롭힌다 싶을 때마다 고전을 읽거나 두목의 시를 읊조리면서 마음을 다스리곤 했다.

杜牧두목

당나라 때 두씨 성을 가진 탁월한 시인으로 두 명을 꼽자면, 바로 두보와 두목이다. 두보가 성당시대(盛唐時代)의 위대한 시인이라면, 두목은 만당시기의 대표 시인으로 꼽힌다. 두보 시인보다 뒤에 태어난 두목은 두보 못지않은 재능이 있었지만, 세상 사람들은 늘 두보를 더 높게 인정했다. 두목은 용모가 뛰어났고 26세에 일찍 진사에 급제해서 지방관으로 많이 다녔는데, 지방을 돌며 기방에 드나들게 되고 화류계에서 이름이 난다.

두목은 한편으로 조직 안에서 화합하는 능력도 좋았던 모양이다. 그의 인사고과를 매기는 자신의 선배들과 좋은 관계를 유지했다. 짐작건대 한마디로 밉지 않은 인물이었다. 시를 보면 이 사람이 부드러운 성격과 더불어 비상한 재주를 가진 사람이었으리라는 생각이 든다.

새벽의 찬기로 마음을 씻다
晨詣超師院讀禪經

晨詣超師院讀禪經
신 예 초 사 원 독 선 경

汲井漱寒齒
급 정 수 한 치

清心拂塵服
청 심 불 진 복

閒持貝葉書
한 지 패 엽 서

步出東齋讀
보 출 동 재 독

眞源了無取
진 원 료 무 취

妄跡世所逐
망 적 세 소 축

遺言冀可冥
유 언 기 가 명

繕性何由熟
선 성 하 유 숙

새벽, 초사원에서 경전을 읽다

우물 길어 이가 시리도록 닦고

마음 맑히고 옷 먼지를 턴 후

한가로이 패엽경을 손에 쥐고

동재로 걸어나가 독송을 한다.

참 근원을 도무지 깨닫지 못하고

허망한 자취만 세상은 쫓아가니

부처님 말씀 깊이 깨달으려면

본 성품을 어떻게 닦아가야 할까?

道人庭宇靜 <small>도 인 정 우 정</small>	도인의 뜨락은 고요하기 그지 없고
苔色連深竹 <small>태 색 련 심 죽</small>	푸른 이끼 빗은 대숲 깊이 이어지네.
日出霧露餘 <small>일 출 무 노 여</small>	해가 떠도 안개 이슬 마르지 않아
靑松如膏沐 <small>청 송 여 고 목</small>	푸른 솔은 기름으로 머리를 감은 듯~
澹然離言說 <small>담 연 리 언 설</small>	담담한 마음 말로는 할 수 없고
悟悅心自足 <small>오 열 심 자 족</small>	깨달음의 기쁨 절로 마음 흡족하네.

〈晨詣超師院讀禪經신예초사원독선경〉은 새벽에 초사원이라는 절을 찾아가서 불교 경전[禪經]을 읽었다는 뜻이다.

詣(참배할 예)는 경건한 마음으로 찾아가는 것을 뜻한다. 超師院초사원은 절 이름인데 '超(초월할 초)'와 '師(스승 사)'를 쓴 것으로 보아 아마도 뛰어난 스님이 계신 절로 짐작된다. 시인은 새벽에 초사원을 찾아가 禪經선경을 읽는 상황을 시로 묘사했다. 시인이 이 시를 쓸 무렵 이미 선불교가 상당히 유행했다는 것을 알 수 있다.

汲井漱寒齒 급정수한치

汲 급 물을 긷다

漱 수 양치질하다

차가운 우물물을 길어 양치질하니 이가 시리다는 뜻이다. 당나라 시절에도 아침에 일어나면 양치질을 먼저 했다. 씻으려면 먼저 물부터 길어 와야 한다[汲井]. 그런데 이가 시리도록[寒齒] 닦았다[漱] 했으니, 시점은 겨울이다.

清心拂塵服　청심불진복
清心　마음을 가다듬다
拂불　털다
塵服　옷의 먼지

몸과 마음을 어떻게 맑고 깨끗하게 해나가는지의 과정을 보여준다. 새벽에 상당히 추운데도 물을 길어서 이를 닦고 옷의 먼지를 탈탈 털어 깨끗한 몸과 마음을 만든다.

閒持貝葉書　한지패엽서
閒한　한가하다
持지　(손에) 쥐다
貝葉書　패다라(貝多羅) 나뭇잎에 기록한 불경佛經

한가로이 불교경전[貝葉書]을 손에 쥐고 있다는 뜻이다. 동아시아에서는 종이가 없던 시절엔 나무나 대나무를 글씨 쓰기 좋게 길이로 잘라 다듬어 기록하고, 이를 목간과 죽간이라 했다. 인도에서는 경전을 多羅樹다라수의 잎사귀에 썼는데, 그 잎 모양이 조개와 닮았다 해서 패엽이라고 하고 여기에 경을 새겨 패엽서라고 불렀다.

步出東齋讀　보출동재독
步出　걸어 나가다
齋 재　집, 방, 기숙사
東齋　동쪽에 있는 기숙사

성균관이나 서원의 구조를 보면 가운데 강당이 있고, 좌우로 동쪽과 서쪽에 기숙사가 있었다.

시인이 느긋한 마음으로 손에 경을 들고 동재로 걸어 나가 책을 읽는 모습이다.

眞源了無取　진원료무취
源 원　근원
了 료　마치다
取 취　가지다, 골라 뽑다

하지만 불교의 참뜻은 이해하기 힘들다. 불경 공부는 진리의 근원[眞源]을 탐구하는 것인데 근원적인 진리를 완전히 깨닫기가 쉽지 않기 때문이다. 그래서 '了無取료무취'다.

忘跡世所逐　망적세소축
忘 망　잊다, 망령되다
跡 적　자취

忘 跡 허망한 발자취
逐 축 뒤따라 가다

불경을 여러 번 읽어도 내 마음은 진원을 추구하지 않고, 결국 세상 사람들이 따라가는 것은 妄跡망적이다. 눈은 좋은 글을 읽고 있지만 내 마음은 틈만 나면 허망한 발자취만 좇아간다.

遺言冀可冥 유 언 기 가 명
冀 기 바라다
冥 명 어둡다, 깊다, 일치하다

여기서 遺言유언은 부처님이 남긴 말씀이다. 내가 어떻게 해야 부처님이 남긴 말씀과 완벽하게 하나로 일치할 수 있을 것인가, 어떻게 부처님 말씀에 합치되는 생활을 할까, 이런 질문이다.

繕性何由熟 선 성 하 유 숙
繕 선 깁다, 수선하다
繕 性 본성을 수선하다
何 由 어찌하여, 무엇으로 말미암아
熟 숙 익다

본성을 수양함에 어찌 쉬운 방법이 있을까.

'熟숙'은 비유적인 표현으로 성숙을 의미한다. 나의 본마음은 어떻게 수행해야 완전히 성숙하게 할 수 있을 것인가[何由熟]라는 질문이다.

부처님 말씀대로 곧이곧대로 완벽히 일치될 수 있으려면 어떻게 내 마음의 본성을 닦아서 무르익게 할 수 있을 것인가.

동재에서 불경을 읽으며 진원을 계속 찾아가고는 있지만, 조금만 방심하면 망적을 좇아가고 있으니 어느 세월에 어떻게 해야 부처님이 남긴 말씀을 완벽하게 소화해서 내 본성을 무르익게 할 수 있을 것인가. 열심히 공부하는 자신의 모습을 이렇게 표현했다.

道人庭宇靜　도인정우정

초사원의 높은 스님을 道人도인으로 표현했다. 초사원에 계신 도인의 뜨락[庭]은 고요하기만 하다. 독서삼매경에 빠지면, 시간 가는 줄 모르게 된다. 해가 뜨기 전부터 나와 동재에서 공부를 하는데, 어느 순간 시간이 지나 해가 떠올라 동창에 빛이 들어온다.

苔色連深竹　태색연심죽
苔태　이끼

그런데 뜨락에 이끼가 보인다. 이끼를 따라가다 보니 깊은 대나무숲[深竹]까지 이어져 있다. 뜨락에 아무도 없이 고요하고 파릇한 이끼만 대나무 숲까지 깊이 이어져 있다.

日出霧露餘　일 출 무 로 여

霧露　안개와 이슬

餘 여　남다

그때 마침 해가 떠오르는데[日出], 맺혀있던 안개와 이슬[霧露]은 아직 남아있다[餘]. 해가 뜨자 안개와 이슬은 여운만 남기고 사라진다.

靑松如膏沐　청 송 여 고 목

膏 고　기름, 윤택하다

沐 목　머리감다, 씻다

푸른 소나무 숲은 머릿기름 바른 듯 촉촉하다는 의미이다. 푸른 소나무들이 젖어있어 마치 목욕한 것처럼 파릇파릇하고 윤기 있어 보이는 그 모습이다.

해가 막 떠오르면서 아직 물기운, 안개 기운이 조금 남아있는데 푸른 솔도 윤기가 흘러 머리를 감은 듯.

시인의 심정이 어떨까. 마음이 이미 완전히 맑아져서, 경치와 자신이 거의 일치가 되는 그런 느낌이다. 경치가 그대로 이끼도 좋고 대나무 숲도 좋고 푸른 솔도 좋은데 그 중 백미는 푸른 소나무다. 자기 자신이 푸른 소나무와 비슷해진 상태다.

澹然離言說　담 연 리 언 설
擔 담　고요하다, 맑다

離言說리언설, 말이 떠났다고 했으니, 말이 필요 없는 경지이다.
　담담하고 고요하면 말이 필요 없다. 마지막 두 행에 담긴 마음은 담담한 상태이다.

悟悅心自足　오 열 심 자 족
悟 오　깨닫다
心自足　마음이 저절로 만족하다

　말이 필요 없는 상황을 '悟悅오열, 즉 깨달음의 기쁨'으로 표현했다.
기쁨을 표현하는 한자는 몇 가지가 있다. 하나는 '樂락'이고 또 하나는
'喜희', 그리고 이 시에 나오는 '悅열'이다. 이를 합치면 喜悅희열이 된
다. 樂락이나 喜悅희열이나 다 기쁨이지만, '樂락'은 조금 감각적인 '몸
의 기쁨'을 표현한 글자이다. 예를 들어 快樂쾌락이 그렇다.
　희열은 수학 문제 푸느라 끙끙 앓다가 내 힘으로 풀었을 때의 기쁨
과 같은 것이다. 이 시에서는 완전히 담담한 상태가 되어 마음이 상쾌
하게 기쁜 상태다. 그러니까 그 기쁨은 절로 좋은[心自足] 일이 된다.

　유종원은 깨달음을 담담하게 읊었다. 우리의 삶이란 것이 과연 명예
와 이익을 추구하다가 그렇게 보낼 인생인가라는 질문을 던져주고 있다.

시인은 새벽에 우물물을 긷고 맑은 마음을 즐길 줄 아는 차분한 마음을 회복하며 살자는 메시지를 보내고 있다.

柳宗元유종원 (773~819)

일찍이 進士진사 시험에 합격, 31세에 감찰어사가 되고, 일생을 청렴하게 살았다. 순종이 황제가 되었을 때는 환관이나 귀족의 세력에 맞섰다고 한다. 당송 8대가의 한 사람으로, 한유와 더불어 고문 부흥(古文復興) 운동의 쌍벽으로 불린다.

상쾌하고 맑은 느낌으로 음미할 수 있는 시다. 이 시는 14행이고, 4-4-4-2, 전형적인 소네트(sonnet) 형식이다.

당시唐詩와 마음공부

초판 1쇄 인쇄 2023년 12월 12일
초판 1쇄 발행 2023년 12월 19일

지 은 이 김 윤
펴 낸 곳 글 통
발   행 홍기표
디 자 인 문팀장
인   쇄 정우인쇄
출판등록 2011년 4월 4일(제319-2011-18호)
facebook.com/geultong
e메일 geultong@daum.net
팩 스 02-6003-0276

ISBN 979-11-85032-83-2

값 18,000원